Las indignas

Agustina Bazterrica

Las indignas

ALFAGUARA

Las indignas

Primera edición : diciembre de 2023

© 2023, Agustina Bazterrica
c/o Schavelzon Graham Agencia Literaria
www.schavelzongraham.com

© 2023, Penguin Random House Grupo Editorial, S.A.U.
Travessera de Gràcia, 47-49, 08021, Barcelona
© 2023, Penguin Random House Grupo Editorial, S.A.
Humberto I, 555, Buenos Aires
© 2023, derechos de edición mundiales en lengua castellana:
Penguin Random House Grupo Editorial, S. A. de C. V.
Blvd. Miguel de Cervantes Saavedra núm. 301, 1er piso,
colonia Granada, alcaldía Miguel Hidalgo, C. P. 11520,
Ciudad de México
© 2023, Penguin Random House Grupo Editorial USA, LLC
8950 SW 74th Court, Suite 2010
Miami, FL 33156

© diseño: Penguin Random House Grupo Editorial,
inspirado en un diseño original de Enric Satué

ISBN: 979-88-909801-3-7

Impreso en Colombia – *Printed in Colombia*

23 24 25 26 27   10 9 8 7 6 5 4 3 2 1

*En este pueblo no había espejos / ni ventanas /
nos mirábamos en las paredes / sucias de los
desastres sin origen / con raíces enredadas en
látigos.*

GABRIELA CLARA PIGNATARO

*... oía cómo la oscura tierra articulaba su
discurso sin voz.*

WILLIAM FAULKNER

¿Se podrá olvidar la forma de la luz?

XIMENA SANTAOLALLA

Alguien grita en la oscuridad. Espero que sea Lourdes.

Le puse cucarachas en la almohada y cosí la funda para que les cueste salir, para que caminen debajo de su cabeza o sobre su cara (ojalá se le metan en los oídos y aniden en los tímpanos y sienta cómo las crías le lastiman el cerebro). Dejé huecos mínimos para que escapen de a poco, con esfuerzo, como lo hacen cuando las atrapo (las encierro) entre mis manos. Algunas muerden. Tienen esqueletos flexibles, se aplanan para pasar por agujeros muy pequeños, viven sin cabeza por varios días, pueden estar bajo el agua mucho tiempo, son fascinantes. Me gusta experimentar con ellas. Les corto las antenas. Las patas. Les clavo agujas. Las aplasto con un vaso de vidrio para observar con detenimiento esa estructura primitiva y brutal.

Las hiervo.

Las quemo.

Las mato.

***

Escribo con esta pluma pequeña y afilada que guardo celosamente en el ruedo de mi camisón blanco, con la tinta que oculto en el piso, debajo de las tablas de madera. En estas hojas que escondo entre mi piel y una faja que confeccioné para sostenerlas, cuando es necesario llevarlas conmigo, cerca de mi corazón, debajo de la túnica gris, esta túnica que antes usaron los hombres que vivieron acá. Creemos que eran sacerdotes, monjes, religiosos. Hombres austeros que eligieron vivir como en el Medioevo. Hombres que están muertos, y algunas dicen que se pueden ver con el rabillo del ojo en la oscuridad. Se rumorea que cuando llegaron de la tierra arrasada, del mundo colapsado, ni Él ni la Hermana Superior encontraron celulares o computadoras.

***

Un grupo de elegidas entró a la Capilla de la Ascensión. Eran tres Santas Menores que fueron conducidas al altar. Apoyaban las manos en los hombros de las siervas que las guiaban. Eran hermosas como solo puede serlo alguien rozado por Dios. El aire se impregnó de un aroma dulce y fresco. El olor del misticismo.

El sol iluminó los vitrales y la Capilla de la Ascensión se colmó de pequeñas joyas traslúcidas que formaron un mosaico efímero.

Una nube tapó el cielo y los colores transparentes se disolvieron, pero notamos, con absoluta claridad, cómo a una de las Santas Menores le corría un hilo de sangre por la mejilla y le manchaba la túnica blanca. Todas supimos quién había sido la que les había cosido tan mal los ojos antes de la ceremonia. Mariel. La inútil y desvalida de Mariel, que se limpiaba las palmas de las manos en la túnica gris y tenía los ojos brillosos, mientras nos miraba con cara de afligida. Me pregunto cuál habrá sido el nombre anterior de Mariel.

La Hermana Superior estaba a oscuras, al costado del altar. Veíamos uno de sus botines negros dar golpes imperceptibles sobre la madera clara del piso. Botines de guerra, como los pantalones que usa, negros, de militar, de soldado. No distinguíamos si tenía el látigo, al lado del otro pie, del que permanecía a oscuras. Sabíamos que Él también estaba en el altar, detrás del cancel de madera, ese armazón de tres láminas que nos impide verlo. (Las únicas que tienen el privilegio de mirarlo son las elegidas y Las Iluminadas). Habló. Nos dijo que para llegar a ser Iluminadas tenemos que desposeernos de nuestro origen, del Dios erróneo, del hijo falso, de la madre negativa, de las ideas triviales, de la suciedad nocturna que se arrastra de manera imperceptible y lenta por nuestra sangre.

Miré las venas en mis muñecas y con un dedo toqué una línea azul.

11

Purificar.

Nos llamó indignas, como todas las veces, como lo hace cuando nos reunimos en la Capilla de la Ascensión cada tres o nueve días (nunca sabemos exactamente cuándo nos van a convocar). Pronunció otra vez la palabra "indignas" y hubo una reverberación en las paredes de piedra como si su voz tuviese el poder de movilizar lo inerte.

Las Santas Menores cantaron el Himno Primario, el original, uno de los más importantes, el himno con el que confirman el roce de la divinidad. No entendemos lo que dicen, es un lenguaje que solo conocen las elegidas. Él nos explicó una vez más que el himno habla de cómo nuestro Dios, a través de Las Iluminadas, nos protege de la contaminación, proclama que "sin fe, no hay amparo".

Luego de un silencio dramático, las Santas Menores siguieron cantando. Vi salir de sus bocas miles de pétalos blancos llenando el aire, pétalos de lirios que destellaban hasta desaparecer. Sus voces son capaces de entonar las notas universales, de vibrar con la luz de las estrellas (por eso les cosen los ojos, para que no se distraigan con lo mundano, para que puedan captar las reverberaciones que emite nuestro Dios). Los Cristales Sacros colgaban de sus cuellos como símbolo y certeza de su santidad. Los cuarzos de la pureza, transparentes. Llevaban túnicas de un blanco brillante, sin una mancha. Las escuchamos en silencio, extasiadas y con alivio porque la música a cappella nos abstrajo del ruido de los grillos, ese sonido parecido a una furia que te adormece.

Siguieron cantando el Himno Primario hasta que las tres sangraron al mismo tiempo. Mariel ahogó un grito y se arrancó un mechón de pelo. Todas la miramos, nos detuvimos en su cabeza casi calva. Cuando llegó tenía todo el pelo y estaba limpia de contaminación, por eso no la destinaron a sierva. No entendíamos por qué insistía en desfigurarse. Algunas sonreímos de placer porque Mariel recibiría un castigo ejemplar. Otras escondieron la cara entre las manos simulando un rezo para ocultar la delicia.

Las Santas Menores siguieron cantando en el altar, pero nos desconcentramos pensando en quién de nosotras sería la elegida para limpiar la sangre del piso, quién iba a tener que pasar toda la noche curando y cosiendo nuevamente los ojos de las Santas Menores y quién iba a castigar a Mariel. Hace mucho tiempo tenía pensado un castigo ejemplar. Junté las manos y supliqué para que me tocara implementarlo.

Una de las Santas Menores se desmayó y las siervas la arrastraron de los brazos, la llevaron a los aposentos de las elegidas. La Hermana Superior se paró en medio del altar y nos hizo una seña para que nos retiráramos. Él seguía detrás del can-

13

cel, o eso creíamos, porque nunca podemos ver cuando se va. No sabemos cómo es. Algunas dicen que es tan hermoso que duele mirarlo; otras, que tiene ojos como espirales descendentes, ojos de perturbado. Pero son todas suposiciones porque las indignas nunca lo vimos.

Nos levantamos en silencio, conteniendo la ira, disimulando la rabia, porque no siempre se puede escuchar cantar a las Santas Menores. Son frágiles y algunas no toleran el peso de las palabras sagradas que entonan (esas palabras que logran que no perdamos la conexión con nuestro Dios), no resisten ver el destello sacro en la oscuridad.

Me tocó limpiar el piso y me perdí la decisión sobre qué castigo ejemplar se implementará con Mariel. Se rumorea que tendrá que desnudarse y Lourdes va a clavarle una aguja en alguna parte del cuerpo. Es un buen escarmiento. Simple y elegante. Me hubiese gustado que se me ocurriera a mí, pero Lourdes piensa los mejores castigos. Siempre prefieren los suyos.

Limpiar la sangre de las elegidas fue mi ofrenda y sacrificio exigido por la Hermana Superior.

La Capilla de la Ascensión estaba en penumbras, aunque había prendido algunas velas para poder ver las manchas rojas en el piso. Las llamas se movían y la luz que proyectaban creaba formas en las piedras, dibujos que danzaban en la oscuridad.

La sangre de las Santas Menores (como la de todas las elegidas) es más pura, por eso las siervas no pueden limpiarla. La toqué despacio, tratando de sentir la liviandad, el despojo de los pensamientos impropios, subterráneos, los residuos de una tierra de origen que se diluía y el regocijo de formar parte de nuestra Hermandad Sagrada. Me llevé el dedo manchado de sangre a la lengua y sentí el gusto de insectos alados y aullidos nocturnos. Supe que alguna de las Santas Menores va a morir. Me alegré porque cuando muere una elegida se organizan los funerales más bellos. Esta vez tengo que lograr que me elijan a mí.

Mientras limpiaba, una de las Auras Plenas entró como si flotara y se sentó en un banco. No me vio en el piso, arrodillada. Aunque sabía que no me podía oír, me quedé quieta, estática porque nunca había visto a una de estas elegidas. La reconocí por las marcas en las manos y en los pies, por el cuarzo transparente que colgaba en su pecho (el cuarzo de las elegidas) y por la túnica blanca, traslúcida. El pelo largo le tapaba las orejas inútiles, los tímpanos perforados. Los ruidos no pueden desconcentrarlas. Hay pocas, me dijeron. Movía las manos tocando algo en el aire.

Las Auras Plenas pueden descifrar las señales divinas, los signos escondidos que Él nos comunica en la Capilla de la Ascensión. Es por eso que tienen las marcas, porque comprender los mensajes de Dios les deja huellas en el cuerpo (heridas en la piel frágil, llagas que nunca se curan) para que no olviden su presencia. Parecía que irradiaba una luz capaz de invocar a los ángeles. Entrecerré los ojos y pude ver, en la penumbra, el aura que la coronaba. Era un resplandor perfecto, tenía alrededor de la cabeza lanzas de fuego que vibraban con voluntad propia. Cerré los ojos, encandilada, y sentí que ella vivía en un tiempo inmaculado donde no existe el dolor.

Empezó a declamar. Su voz tenía la resonancia del estallido de un cristal. No pude entender el lenguaje desquiciante, fraccionado. La Hermana Superior entró rápido a la Capilla de la Ascensión, con pasos como golpes y se la llevó de un brazo. Las elegidas (las mutiladas) viven detrás de la Capilla de la Ascensión, en aposentos a los que nosotras no tenemos acceso. Los únicos que pueden entrar son Él, la Hermana Superior y las siervas que las atienden. Alguien dejó la puerta abierta, y el Aura Plena se escapó, pero la Hermana Superior fue gentil porque no se puede despertar a un Aura Plena que declama. El hilo que las conecta con nuestra realidad puede romperse y dejarlas atrapadas en la Dimensión Intangible, ese lugar que está detrás del aire. Solo pasó con dos elegidas a las que no volvimos a ver.

Alguna sierva va a ser castigada por dejar la puerta abierta. La Hermana Superior se va a encargar de hacerla gritar.

La Hermana Superior me miró con rabia, pero bajé la cabeza como se espera que lo hagamos ante su presencia, ante su tamaño. No quería encontrarme con esos ojos que esconden una tormenta de hielo.

Terminé de limpiar y me dirigí a la celda, antes caminé por los pasillos y me desvié para ver la puerta negra labrada. No había nadie y me acerqué para tocar la madera. Detrás está el Refugio de Las Iluminadas. No viven con las elegidas porque son el tesoro más preciado de la Hermandad Sagrada (~~por eso no las mutilan como a las Santas Menores, a las Diáfanas de Espíritu y a las Auras Plenas~~). El pasillo es largo, alejado de las celdas donde dormimos las indignas. Está alumbrado con velas que las siervas cambian todas las noches. En ese pasillo hay celdas vacías y en el centro está la puerta a la que solo acceden Las Iluminadas.

Sabía que tenía poco tiempo, que me arriesgaba, pero acaricié las alas del ángel llevando el copón, los pétalos de los lirios, las plumas del ruiseñor. Mientras me imaginaba el día en que me consagren Iluminada (~~y no elegida, no quiero ser elegida~~), el día en el que me den el Cristal Sacro y esa puerta se abra para mí, escuché un llanto como un maullido y después un grito aplacado, un grito como un rugido, un rugido como un lamento silencioso de un animal que acecha. Me aparté de la puerta y me fui corriendo.

***

No le puedo contar a nadie que vi a un Aura Plena. Si lo hago, las indignas me van a acusar de cosas que no hice por no haber sido ellas las receptoras del milagro, por haber tenido la osadía de compartir el prodigio. La Hermana Superior me va a mandar a la Torre del Silencio, cerca del Claustro de la Purificación. La Torre del Silencio (ese lugar al que le tememos), construida con piedras, adosada al muro (creemos que le sirvió de puesto de vigilancia a los monjes), con pequeñas ventanas sin vidrio, es altísima y circular, tan alta que uno tiene que estirar el cuello para ver dónde termina, con ochenta y ocho escalones de piedra fría que forman una escalera caracol.

Me abandonarían ahí, sin agua ni comida, sola, a la intemperie, con el ruido de los grillos, ese sonido que te hipnotiza, etéreo y espantoso. Lejos de la Casa de la Hermandad Sagrada.

Acompañada de huesos que brillan en la oscuridad.

***

Escribo en mi celda sin ventanas, con la llama de velas que se consumen demasiado rápido. Con un cuchillo que robé de la cocina, poco a poco, rompo la pared para crear una pequeña grieta y que entre aire, luz.

18

Escondo estos papeles entre las sábanas, debajo de los tablones de madera del piso. Cuando quiero preservar la tinta que dejaron los monjes, me pincho con agujas para usar mi sangre. Por eso hay manchas más oscuras, un rojo mineral. A veces, preparo tinta con carbón o con plantas y flores que recolecto, aunque es peligroso hacerlo. Como también es peligroso escribir esto, en este instante, en este lugar, pero lo hago para recordar quién era yo antes de llegar a la Casa de la Hermandad Sagrada. ¿Qué hice, desde dónde vine, cómo sobreviví? No lo sé, algo se quebró en mi memoria que no me deja recordar.

Quemé muchas páginas, las páginas prohibidas que hablaban de ella, de la que está enterrada en la zona de las insurrectas, de las desobedientes: Helena.

***

La niebla vino de las tierras arrasadas, del mundo aniquilado. Es fría, tiene la consistencia pegajosa de las telas que tejen las arañas, pero se desarma en nuestros dedos cuando la tocamos. Algunas tuvieron reacciones en la piel, picazón, dolores fuertes. A una sierva la piel le cambió de color. No la vimos más.

Nos cuesta respirar.

Hace días que las indignas aumentamos los sacrificios porque las elegidas interpretaron las señales de nuestro Dios y Las Iluminadas anunciaron que "sin fe, no hay amparo". Las Iluminadas anticipan las catástrofes. Son las únicas que pueden conocer el nombre de Dios. Para el resto es impronunciable porque hay que aprender el idioma secreto, que se oculta como una serpiente blanca que se devora a sí misma. Hablarlo es como desgarrarse, una música hecha de astillas, como guardar alacranes en la boca.

Nos cuesta movernos, pero cumplimos con los sacrificios para mitigar el daño de la niebla. Algunas se mortifican con ayunos, otras caminan de rodillas. Lourdes ofreció el padecimiento de sentarse sobre vidrios.

El sol parece eclipsado. Su luz no tiene brillo, los rayos no alumbran, no nos dan calor. Parece que vivimos en una noche perpetua.

Sin fe, no hay amparo.

***

Las Iluminadas dijeron que debemos seguir con los sacrificios, de lo contrario el aire se va a petrificar y moriremos fosilizadas en la niebla. Confiamos en los mensajes de Las Iluminadas porque ellas poseen todas las virtudes de las elegidas. Son emisarias de la luz y por eso tienen la voz etérea de las Santas Menores, la visión profética de las Auras Plenas y la escucha perfecta de las Diáfanas de Espíritu. Son las mediadoras entre nosotras y la divinidad ancestral, el Dios oculto que existe desde siempre, que es anterior a los dioses creados por los hombres.

La Hermana Superior grita por los pasillos: "Sin fe, no hay amparo". Tosemos. Escupimos saliva blanca, temblamos por el frío. La temperatura descendió todavía más. Tememos por los cultivos de la huerta con la que alimentamos a las elegidas y a Las Iluminadas.

Escribo tapada con una manta, cerca del pequeño calor de una vela. Escribo con mi sangre que todavía está caliente, que fluye. Me duelen los dedos por el frío. Nuestro sacrificio es importante. Nuestra abnegación contribuye a resguardar la Casa de la Hermandad Sagrada. Somos mujeres jóvenes, sin marcas de contaminación, sin esa vejez prematura de las siervas, sin esas manchas en el cuerpo, tenemos todo el pelo y los dientes, sin bultos en los brazos ni escaras negras en la piel. Algunas indignas ofrecieron el martirio de limpiar las pústulas de las siervas. No pueden disimular la cara de asco, el desprecio, se inmolan en silencio.

***

Hace tres días que respiramos la niebla.

Algunas empezaron a dudar de la efectividad de los sacrificios. La Hermana Superior las hizo gritar.

Dormimos en el comedor porque el techo es bajo y las ventanas pequeñas, ahí el calor se preserva mejor. Las siervas prendieron una fogata en el centro para evitar que nos congelemos. Lo hicieron en el piso de baldosas rojas. Corrimos las mesas que, normalmente, están enfrentadas y dormimos en los colchones que llevamos de las celdas.

Dejamos que las siervas duerman con nosotras, no queremos que mueran por el frío, necesitamos que nos sirvan. No sé cómo dormirán las elegidas y Las Iluminadas, pero son nuestro bien más preciado por eso no tengo dudas de que las cuidan.

Me tocó dormir al lado de Mariel, que sonreía porque la niebla postergó el castigo que le iba a impartir Lourdes. En susurros me dijo lo que le contó María de las Soledades que le contó Lourdes que a Las Iluminadas les arrancan los dientes y la lengua porque emitir el nombre de Dios requiere de un vacío. También me confesó que otras le contaron que escucharon alaridos detrás de la puerta negra labrada, del Refugio de Las Iluminadas. Yo también creí escucharlos. Llantos agudos, gritos contenidos. Mariel también me dijo, contradiciéndose, que Las Iluminadas practican mordiendo clavos o masticando vidrios. No creo que nada de esto sea real. O puede ser que sí lo sea, nadie sabe la verdad sobre ellas (una vez que las eligen Iluminadas, ya no las vemos más), solo sabemos que son pocas y que ser Iluminada es la máxima aspiración y la mayor responsabilidad. Gracias a ellas, el veneno que corre por los ríos subterráneos, la ponzoña que se aloja en los tejidos de las plantas, las toxinas que el viento acarrea de un lugar a otro no infectan nuestro pequeño mundo.

Están detrás de la puerta negra labrada, protegidas, y solo Él puede tocarlas.

La niebla está cada vez más densa. La Hermana Superior nos llamó para que ofrezcamos expiaciones de sangre. Flagelaciones, cortes, latigazos para que nuestro Dios nos proteja, para que la niebla no nos mate, para que las catástrofes naturales dejen de hostigar a la Casa de la Hermandad Sagrada.

**

Después de ocho días la niebla se evaporó, se desintegró. La temperatura aumentó. Volvimos a dormir en nuestras celdas. En el centro del comedor quedó una mancha negra por las fogatas. Las siervas no pudieron limpiarla.

Se rumorea que perdimos algunos cultivos de la huerta, que murieron algunos grillos, pero no todos.

Tengo la espalda marcada con latigazos que me dio Lourdes, porque la Hermana Superior estaba ocupada con otras indignas.

Sé que Lourdes disfrutó de cada momento.

Intentó ocultarlo, pero le vi el brillo en los ojos. También le pegó a Mariel con un látigo que le dio la Hermana Superior. Y mientras le pegaba le decía que ese no era su castigo, que el castigo iba a llegar pronto. Muy pronto.

No bastó con mis sacrificios. Lourdes tuvo que azotarme.

Sin fe, no hay amparo.

**

Ahora que la niebla dejó de ser una amenaza, fui a revisar las trampas para los animales que ponemos entre los árboles, en ese espacio que empieza cuando termina el jardín. Quizás es pretencioso pensar que ese lugar es un ~~bosque~~, pero así lo llaman en la Casa de las Hermandad Sagrada.

A veces, para preservar a los pocos animales que tenemos (que nunca vi), Las Iluminadas y las elegidas comen la carne escasa de alguna liebre, que antes prueba una sierva por si está contaminada. Hay muy pocas liebres y, en su mayoría, son defectuosas. Puede faltarles una oreja, como si la naturaleza no tuviera el suficiente impulso para crearlas completas. O les falta una pata. O un ojo. Las trampas estaban vacías. Sabemos que con los grillos que cría la Hermana Superior tenemos la proteína necesaria. Nos cansamos de comer sus cuerpos mínimos y crujientes, aunque limpios, sin veneno gracias a Las Iluminadas. Sin fe, no hay amparo. Mientras ellas comen manzanas, zanahorias, repollo, alimentos frescos, nosotras comemos grillos en sopas, pan de grillo, bocaditos de grillos, grillos con cúrcuma, grillos picantes, grillos preparados con todas las especias guardadas hace años por los monjes. Ya no siento sus patas en mi lengua. Ni las antenas, pero sí el sonido de los grillos en mi boca. Es áspero, peligroso.

Creí ver una silueta humana, sombras entre los árboles. Algo o alguien que se escondía. Quizás sea una errante que logró entrar excavando el muro, pero no me quedé a averiguarlo porque no me puedo arriesgar a una contaminación.

Ya no recuerdo cuándo sucedió, una errante logró trepar el muro sin caerse. Pero no podía bajar. Llevamos una escalera y observamos cómo descendía con cuidado. Cuando tocó la tierra nos alejamos y la Hermana Superior le dijo que tenía que ir al Claustro de la Purificación, que la siguiera. Se notaba que estaba famélica, débil. Nos miraba sin entender, con una expresión que podía ser de miedo o repulsión porque era evidente que hablaba otro idioma, pero no dijo nada. Por fuera parecía entera, con todo el pelo, sin marcas. Pasamos el cementerio con lápidas antiguas, esas que tienen los nombres de los monjes. Ella tropezaba, caminaba con dificultad. Nadie quería levantarla.

Llegamos al Claustro de la Purificación, a la pequeña casa rodeada de árboles, edificada cerca del muro y aislada. Es al lugar donde tuvimos que ir todas antes de ser aceptadas, ese lugar que no es un claustro aunque así lo llaman. El lugar donde una escucha a los grillos por primera vez y no sabe qué son, y cree que es su mente perdiendo el control, piensa que es el sonido de la locura. El lugar donde las sombras de los monjes acechan, sus voces en la noche, en la oscuridad. Algunas mueren, enfermas de contaminación y pecado (de soledad). Aislaron allí a la errante, y las siervas la alimentaron porque están obligadas a cuidarlas, a nadie le importa si se contagian, y ninguna indigna va a ofrecer ese sacrificio. Si las siervas se niegan a atenderlas, la Hermana Superior busca el látigo.

La errante murió, murió temblando y con los ojos ciegos, cubiertos por una pátina blanca. La lengua estaba negra. El cuerpo de las corruptas se quema en el límite del pequeño ~~bosque~~ lugar, al lado del muro. Creemos que la sierva que la atendía fue quemada viva porque la Hermana Superior no se va a arriesgar a un contagio. Pero nadie recuerda quién era la sierva, no tienen nombre. La errante podría haber sido elegida o Iluminada porque no tenía marcas de contaminación visibles. Me alegré de que no viviera.

A la Casa de las Hermandad Santa no entran ni hombres ni niños ni ancianos. Él nos dice que murieron en las múltiples guerras o de inanición o de tristeza. Pero yo sé que a los pocos que lograron acercarse al muro, los mataron. Todas lo sabemos. La Hermana Superior lo hizo personalmente. La Hermana Superior lo hace personalmente. Tenemos prohibido tocar la campana cuando el errante es hombre, inmediatamente le avisamos a la Hermana Superior y ella nos ordena que nos encerremos en nuestras celdas sin ventanas. Siempre que el errante es hombre escuchamos disparos. Nunca vimos mujeres viejas ni niños para rescatar.

Una de las que están enterradas en el cementerio salvaje de las herejes, de las ladinas, una de las que ya no tienen nombre, ni lápida, solo árboles y tierra que cubre su aberración, una de esas dejó entrar a un hombre. No le avisó ni a la Hermana Superior, ni a ninguna de nosotras. Lo escondió debajo de las maderas del altar. Le daba parte de su ración de comida y agua. Lo ocultó muy bien, por muchas semanas, nunca se supo cuántas. Pero un día notamos que ella irradiaba el aura pérfida de la desgracia, el aura maliciosa de la traición. Pensó que con la túnica iba a poder disimularlo, pero notamos cómo su vientre se hinchaba de pecado, de vicio. Intentó huir, pero tocaron las campanas y todas, siervas e indignas, la fuimos a buscar. No hay escapatoria. La encontramos en la Torre del Silencio. Subió la escalera, abrió la compuerta y la vimos en la parte superior, la vimos caminar desesperada a cielo descubierto, donde estaban los huesos de las elegidas (los huesos que brillan en la oscuridad), la vimos apoyarse contra las almenas y mirar para abajo midiendo la distancia entre ella y el piso, decidiendo si era mejor tirarse al vacío o implorar por su vida, pero la atrapamos.

Con dedicación y paciencia la Hermana Superior la hizo gritar, la obligó a aullar, hasta que confesó. Dicen que le sacó algunas uñas o algunos dientes. O todas las uñas y todos los dientes. Cuentan que rompió varios látigos. Que les gritaba a las siervas que trajeran más ramas. Más, más, más. "Expiación de sangre", aullaba. La furia se transformó en un susurro. Más, más, más. La Hermana Superior temblaba. Más, más, más. Le pegó tanto que algunas creen que la mató. No supimos qué pasó con el hombre que vivía debajo del altar. Hoy, esa indigna está cubierta de tierra, absorbiendo oscuridad, en el cementerio de las ~~desdichadas~~ negligentes. Todas coincidimos en que tendría que haberse tirado de la Torre del Silencio.

Hace demasiado tiempo, yo también fui una errante. Solo recuerdo esa época en pesadillas y no recuerdo lo anterior. Solo sé que llegué casi muerta porque me lo contó ella. Me arrastré hasta la puerta principal y no pude tocarla. La que me abrió fue ella, Helena, la adoradora del Dios erróneo, del hijo falso, de la madre negativa, la que ahora se pudre bajo la tierra, con la boca abierta. La que tuvo la compasión suficiente. Me dijo que me había visto desde el campanario, a lo lejos, reptando. La soñadora, la imprudente. Tocó la campana y le avisó a la Hermana Superior, que decidió no abrir la puerta, dejarme tirada porque me consideraba moribunda, una pérdida de tiempo. Pero la audaz, la indisciplinada, esperó a quedarse sola, abrió el portón, me tomó de las muñecas y me arrastró sin ayuda. Apoyó mi cabeza contra el muro y me dio agua, poca. Tuvo esa delicadeza, ese cuidado. Darme mucha agua me hubiese hecho mal.

Cuando pude levantarme caminamos hasta el Claustro de la Purificación, cerca de la Torre del Silencio y de la Granja de Grillos. Se quedó conmigo, alimentándome y arriesgándose a un contagio. La Hermana Superior la castigó con un mes de trabajos denigrantes por la desobediencia, pero no la mató, porque vio en mí una candidata para elegida o Iluminada. Helena limpió letrinas, curó las llagas de algunas siervas, cortó leña, masajeó los pies de la Hermana Superior, tuvo que ocuparse de hacerla suspirar. Sé que se sacrificó con alegría, sé que nunca me lo recriminó.

Me pregunto si la silueta que vi en el bosque entre los árboles fue real o la imaginé.

***

Nos dijo que para ser Iluminadas teníamos que dejar de ser moradoras del polvo, emisarias de la inmundicia, un hervidero incesante de malentendidos, un derramamiento de transgresiones. Nos advirtió que percibía la enfermedad luctuosa agazapada en nuestros cuerpos. María de las Soledades se rio. Todas supusimos que se rio por la palabra luctuosa, que sonaba a jugosa, a fructosa, a lujuriosa. Él dejó de hablar. La Hermana Superior bajó del altar con una velocidad desconcertante y le puso a María de las Soledades el cilicio sobre la boca, despacio, con prolijidad y dedicación. Mientras se lo ponía se le marcaron los músculos en los brazos, le vi la satisfacción en los ojos y noté esa belleza horrorosa que siempre me descoloca, me cautiva como lo hacen las tempestades. Cuando le ató los extremos a la nuca, las púas se clavaron en los labios de María de las Soledades.

Nadie la volvió a mirar, pero sabíamos que la sangre le corría desde la mandíbula hasta la túnica, que cerraba los ojos para intentar contener las lágrimas, para no gritar de dolor. Sabíamos que iba a tener que llevar el cilicio, la marca de la infamia, por una semana o más, y que ninguna de nosotras se va a ofrecer a desinfectarla, ni a darle de comer cosas líquidas porque todas sabemos (susurramos) que María de las Soledades huele a químicos, a grasa en fermento, a vegetales en descomposición. Pensamos que no merece estar entre nosotras, que hay algo enfermo en María de las Soledades, algo contaminado.

Seguramente obligará a alguna sierva o a una de las débiles a que la atiendan, pero no nos importó. Mientras dure su martirio la vamos a juzgar en silencio.

Llovía. Las gotas se deslizaban por los vitrales de la Capilla de la Ascensión. Imaginé a cada una de ellas conteniendo un pequeño universo centelleante, absorbiendo los colores del vitral. Los distintos tonos de verde del jardín voluptuoso, el celeste, amarillo, violeta de las flores y el blanco del ciervo que parecía que lagrimeaba. Tiene una cornamenta majestuosa, y en cada terminación, en cada punta de esos cuernos, que parecen un árbol, hay símbolos circulares que no entendemos. Las gotas brillaban como células suspendidas. Toqué la vena azul que sobresalía en mi muñeca y deseé que mi sangre retuviera la luz del mundo.

Purificar.

Las gotas caían por los vitrales manchados con pintura negra. Los vitrales con las imágenes del Dios erróneo, del hijo falso, de la madre negativa, ese Dios que no supo contener la avaricia y la estupidez de su rebaño, que dejó que envenenaran el núcleo de lo único que importaba. No hay que nombrar ni mirar a ese Dios que nos dejó a la deriva en un mundo intoxicado.

Mariel entró a la Capilla de la Ascensión despacio, con la cabeza gacha y con la túnica manchada. Tenía dos aureolas a la altura del pecho.

Sabíamos que era sangre, porque Lourdes le clavó la aguja en los pezones. Cuando me lo contaron, apreté los puños tan fuerte que me lastimé las palmas. Nunca se me hubiese ocurrido. Mariel sostenía una rosa negra hecha de papel, lo que significaba que alguien había muerto. Algunas derramaron lágrimas solapadas, pero eran de felicidad, porque un funeral implica días de preparativos y pasteles riquísimos.

Cuando la Hermana Superior vio a Mariel, se levantó y la perdimos de vista por minutos que parecieron interminables. Después sonaron las campanas anunciando una muerte y nos levantamos en silencio. Tenía que ser una de las Santas Menores. Quería que fuera. Recé. Imploré con todo mi corazón aún poseído, con mi corazón indigno.

Cuando volvía a mi celda, pasé por la de María de las Soledades, que tenía la puerta abierta. Vi cómo le apretaba la cabeza con un pie a Élida, que estaba tirada en el piso y le suplicaba con pequeños alaridos porque Élida no habla el idioma de la Hermandad Sagrada, nuestro idioma, el que algunas tienen que aprender cuando llegan. Élida lo estaba aprendiendo y gritaba palabras como déjame, favor, suplico yo, ofrenda, ¿sí?, yo cuidar de tú. Era gracioso escucharla las pocas veces que intentaba hablar. Parecía que María de las Soledades sonreía, aunque no podía mover la boca. Había gozo en su expresión mientras, con el zapato, apretaba un poco más la cabeza de Élida, que lloraba. María de las Soledades había encontrado a su débil y quería verla sufrir. Me miró y le sostuve la mirada, juzgándola en silencio, hasta que bajó los ojos.

Cuando estoy en mi celda no puedo evitar mirar la cama vacía, sin sábanas. Helena ya no está, pero no la extraño. No se puede extrañar a alguien que supuraba indecencia, desenfreno. Era una adoradora del Dios equivocado. Una extraviada. Tampoco añoro su belleza que era como una garra acariciándote despacio. A veces me acuesto en su cama y me duermo pensando en qué hubiese pasado si ella no encontraba los papeles donde escribo. Leyó cada frase profana, cada palabra prohibida escrita sobre su voz, su magnetismo impuro. Tuve que deshacerme de la prueba.

Todas las mañanas me levanto e intento sentir su olor, un olor como una música, como un incendio en el que uno quiere ser quemado. Pero ya no lo siento.

Ya nadie pronuncia su nombre. Me costó recordar dónde estaba la tumba sin marcas, ni flores. La tumba estéril de la descarriada. No consigo escuchar los gritos, las súplicas que fueron desapareciendo a medida que la tierra le caía encima. No sé si esa noche fui al cementerio de las astutas, las pertinaces, las herejes, donde las tumbas desaparecen entre los árboles. A la tierra de las indómitas. No sé si fue todo un sueño.

Estaba descalza, y me escondí en los recovecos para no toparme con la Hermana Superior. El frío y la dureza de las baldosas se clavaron en las plantas de mis pies y, después, sentí la suavidad del pasto mojado, las gotas en mi pelo. No entiendo cómo recorrí el jardín, no entiendo cómo no tropecé con los baldes que usamos para juntar el agua de lluvia, no entiendo cómo llegué al parque y fui más allá, hasta el límite de los muros donde el pasto se vuelve maleza y los árboles algo parecido a un ~~bosque~~ jardín salvaje. No sé si me soñé bajo la lluvia, perdida, contando los árboles en la oscuridad, intentando recordar dónde estaba, buscando el árbol con el hueco, nuestro árbol. Nuestro refugio escondido en la espesura. Ahí estaba, enterrada al lado de ese árbol, de nuestro árbol, tocando sus raíces. No sé si cavé, pidiéndole perdón, llorando. Cuando la encontré, su boca abierta estaba llena de tierra. Me acosté a su lado. Grité. Creí sentir su olor mezclado con el de la tierra mojada. No recuerdo si antes de besarle los ojos, antes de sacarle el barro de la boca y cerrarla, antes de cubrirla, le puse en el cuello la cadena con la cruz de oro que habíamos encontrado dentro del colchón y que, tan celosamente, había querido esconder. No sé si dormí en la espesura. Volví a mi celda sin que me descubrieran, no sé cómo lo hice.

Tocan la campana de luto. Nos tenemos que poner los velos e ir al jardín. Antes, voy a juntar las manos y pedir que la muerta sea una Santa Menor. Voy a supl

**

Él nos miró en silencio desde el campanario, o eso creímos. Vimos una silueta negra enmarcada por el cielo tornasolado. La cúpula refractaba luces y parecía rodeado de un arcoíris espectral, pero no podíamos confirmar que fuera Él. Los velos dejaban adivinar las figuras y los colores. La Hermana Superior ordenó que nos arrodilláramos. El frío de la tierra traspasó la túnica y subió por mis piernas. Bajamos la cabeza, mudas, pacientes. Primero escuchamos el sonido radiante de un mar verde y traslúcido. Eran las hojas de los árboles moviéndose con el viento. Después, dijo: "Ustedes son lobas que engendran ponzoña, un batallón fecundado por la perdición y la atrocidad, un costal de podredumbre hedionda, un semillero de elucubradoras de infamias. Indignas. Homicidas". Su voz resonaba dentro de nuestro cuerpo, como si no estuviese en las alturas, como si su presencia abarcara todo el jardín. Como si estuviese en todas partes. "Una de las Santas Menores fue asesinada y le robaron el Cristal Sacro". Un silencio denso e irreal se instaló entre nosotras y, como si nuestro asombro pudiese detener el natural movimiento del mundo, las hojas de los árboles dejaron de agitarse. El alarido dramático y calculado de Lourdes nos sacó del trance. Lo siguieron gemidos, llantos, clamores. Desmayos. Algunas se golpearon el pecho, otras arañaron la tierra suplicando perdón. Se tiraban del pelo, se rasguñaban la cara dejando marcas profundas. Yo sonreí detrás del velo.

Una brisa helada nos hizo temblar. Había olor a frío (resabios de la niebla), aunque hacía calor. La Hermana Superior se puso de pie y nos miró un rato largo. Observó atenta el espectáculo del dolor fingido. Cuando me miró simulé un desmayo. Dijo basta, de manera casi inaudible, pero la palabra fue como un dardo que nos hirió una a una. Nos quedamos estáticas y luego, nos recompusimos, nos paramos, nos acomodamos las túnicas y la escuchamos. Ella se sacó el velo y algunas se taparon la boca con las manos. Sacarse el velo está prohibido, nos castigan obligándonos a caminar sobre vidrios. La Hermana Superior se acercó a Catalina y le indicó que se lo levantara. Entendimos que teníamos que imitarla. La Hermana Superior esperó a que todas tuviéramos la cara descubierta para mover una campanita que tenía guardada en el bolsillo de su pantalón. Nos miramos sin entender qué era lo que pasaba. Esa campana era nueva.

Una de las siervas le trajo a la Hermana Superior un látigo. Era una rama, flexible, dolorosa. La sierva disimuló una sonrisa porque sabía que alguien iba a gritar. La Hermana Superior las selecciona especialmente para que sean resistentes, para que duren lo máximo posible. Se interna en el lugar que ella denomina ~~bosque~~ a buscarlas. Ese lugar que empieza cuando termina el jardín que está a la izquierda de la Casa de la Hermandad Sagrada, en el lado opuesto al Claustro de la Purificación, la Torre del Silencio y la Granja de los Grillos. La Hermana Superior se pasa horas eligiendo las ramas para pegarnos, las prueba en los troncos de los árboles en los que deja llagas, lesiones que supuran sangre traslúcida: roja, verde, ámbar. Para castigos especiales usa uno de los látigos de cuero con el que los monjes se flagelaban. Es un látigo antiguo con nueve correas de cuero.

Las siervas trajeron a Mariel, que tenía las manos atadas y estaba descalza. Escuché susurros y alaridos sofocados, pero la Hermana Superior movió apenas la cabeza y nos callamos. Tenía el camisón blanco manchado de sangre. Seguramente le clavaron más agujas en los pezones como castigo porque Mariel era la encargada de cuidar a las Santas Menores durante las ceremonias, por eso ahora iba a tener que expiar con su sangre. El camisón blanco (cada vez más rojo) dejaba ver sus formas y aunque estaba amordazada, los gritos se escuchaban con claridad. Gritaba algo en uno de los idiomas prohibidos en la Casa de la Hermandad Sagrada. Solo percibí palabras, frases sueltas que me atrevo a escribir tal cual las escuché: *salú Mari, plen de gras, tu e beni antre tutlé fam*. Tenía los pies sucios por la tierra. Le habían puesto una cofia blanca que le cubría la cabeza, le habían rapado el poco pelo que tenía para que la humillación fuera mayor. Temblaba. Me pregunté cuál será el olor del miedo. Pensé que no es posible percibirlo porque es como congelarse por dentro.

Debajo del camisón estaba desnuda.

La Hermana Superior se acercó y le pegó en la boca porque el rezo prohibido en el idioma prohibido era cada vez más claro. Mariel hizo silencio por un segundo, pero en voz muy baja siguió implorando a la madre negativa, del hijo falso, del Dios erróneo. Eso enfureció a la Hermana Superior, que, con rabia, la dio vuelta y le arrancó el camisón, que cayó al piso. Todas nos tapamos la boca, fingiendo estar horrorizadas por el espectáculo que conocíamos bien. Mariel temblaba. Vimos las agujas clavadas, vimos los hilos rojos, casi negros. Disimuladamente, algunas se taparon el pecho con las manos para protegerlo (como si realmente pudieran hacerlo).

A la Hermana Superior le gusta generar expectativa, que nunca sepamos cuándo va a caer el primer golpe sobre tu piel, cuándo vas a tener que expiar con tu sangre. Nos quiere educar en el arte de la agonía.

Uno: el sonido del látigo fue ligero, casi imperceptible, pero dejó una marca en carne viva en la espalda de Mariel, de donde cayeron las primeras gotas de sangre.

Tres: heridas abiertas, al rojo vivo.

Seis: los alaridos de Mariel nos aturdían, pero debajo de ellos podíamos escuchar el cambio sutil en la respiración de la Hermana Superior, el ritmo que se aceleraba, que se transformaba en otra cosa. En un gemido.

Ocho.

Diez. La expiación.

Diez azotes significaban la piel rota, fiebre, infecciones, quizás la muerte. Nos tapamos los ojos con las manos. No queríamos ver el derrumbe, pero Mariel no pudo sostenerse en pie y cayó arrodillada al piso. Pensamos que eso era todo. Mariel también lo habrá intuido. Quizás sintió cierto alivio, pero la Hermana Superior ordenó que la levantaran. Las siervas la ataron a un palo rodeado de ramas y troncos, los prendieron y ardió.

Era bellísima. Parecía un pájaro de fuego.

***

Mariel no mató, pero Mariel ardió. Ese es el mantra que murmuran las siervas, las siervas que no tienen nombre. Las siervas susurran ponzoña porque llevan en el cuerpo las marcas, los signos de haber estado contaminadas, y aunque ya no pueden infectarnos, deben trabajar para limpiar nuestra suciedad y la suciedad que les corre por las venas. Nos odian por eso, porque tienen que servirnos. Las marcas de las pústulas, las llagas, las infecciones. Los sarpullidos son la suciedad del mal, la suciedad del colapso, la suciedad del fracaso. La suciedad que absorbieron de la tierra enferma y les dejó estigmas permanentes, para que no olvidemos que la corrupción está al acecho, y Las Iluminadas son las únicas que la apaciguan. La suciedad que anida en la piel de las siervas, en las células, es la rabia del mar, la furia del aire, la violencia de las montañas, la indignación de los árboles, la tristeza del mundo.

Usan túnicas viejas, rotas. Túnicas desteñidas, sin colores definidos. Duermen en lo que alguna vez fue la biblioteca de los monjes. Pero ya no hay libros. No tienen camas, solo mantas que tiran en el piso. Entré una sola vez, por curiosidad, pero me fui asqueada. Sentí olor a rabia como si hubiese espinas en el aire, pero no me fui por eso. Me fui porque cuando vi los estantes sin libros me quedé sin aliento, y un dolor agudo me golpeó en el pecho, pero no puedo explicar por qué.

No las castigan lo suficiente.

***

Lourdes se juntó con sus favoritas (esas que la siguen a todas partes, sus débiles) para que la ayudaran a organizar el funeral de la Santa Menor. A pesar del calor sofocante, estuve toda la tarde buscando cucarachas en la cocina, con paciencia, con dedicación, mientras simulaba que barría. (Ofrecí ese sacrificio que les corresponde a las siervas). Las voy a triturar, y se las voy a esparcir en las sábanas para que duerma sobre la sangre viscosa, blanca.

Desde que la Hermana Superior me vio con el Aura Plena me exige más sacrificios y ofrendas, hago cosas que no me corresponden, que solo hacen las siervas. Nadie le dice que no a la Hermana Superior. Nadie que quiera seguir viva. Excepto qu

***

A veces tengo que dejar de escribir porque escucho ruidos, porque la tinta se termina, porque me vence el sueño, porque siento los pasos de la Hermana Superior. Pero siempre busco momentos para seguir con estas palabras clandestinas que cristalizo en estas hojas oxidadas, del color de la arena, con marcas, manchadas por el tiempo. Estaban en el Claustro de la Purificación (lejos, a tres mil pasos de la Casa de la Hermandad Sagrada, pero dentro del muro), escondidas debajo de unas tablas del piso. Las acaricio, las huelo, son mías, son parte de este libro de la noche que no puedo dejar de escribir.

Estas palabras contienen mi pulso.

Mi respiración.

***

Hay algo enfermo en el viento, el sopor cálido de venenos y de insectos. Una maldición que repta desde las tierras devastadas. Sentimos la vibración de algo demoledor que se está gestando. No es la niebla, es otra cosa. Una plaga que se origina en las zonas negras, arrasadas, desérticas. Lo percibimos en el comedor, mientras partíamos el pan de harina de los grillos. Algo palpitaba en el aire, silencioso y bestial. Sentimos escalofríos.

Las elegidas no nos advirtieron sobre esta ponzoña. Ni Las Iluminadas. Sobre este viento sin fronteras que apareció silencioso, desapercibido. Es una prueba, gritó la Hermana Superior mientras se levantaba de su sillón elevado, desde donde nos observa comer. Bajó los escalones, arrastrando la rama-látigo que siempre tiene a un costado del sillón, y ordenó tapar las hendijas de las puertas. Se cubrió la nariz con un pañuelo. Todas nos tapamos con las servilletas. Algunas trataron de reprimir alaridos y toses, los ojos se les llenaron de lágrimas. La Hermana Superior gritaba: "Tenemos que superar esta prueba, Las Iluminadas están testeando nuestra fe". Golpeaba el látigo en el piso. La Hermana Superior se calló de golpe porque la puerta del comedor se abrió, había una sombra, no podíamos ver quién estaba detrás, aunque reconocimos su voz.

Desde la oscuridad Él nos habló casi en susurros, con su voz de río subterráneo desbordándose: "¿Cómo pretenden que Las Iluminadas protejan a un grupo de apáticas, de indignas? ¿Para qué van a querer resguardar a unas desconfiadas, escépticas, a unas perras displicentes que se arrastran por la tierra, sucias, babeantes, a unas blasfemas recelosas, inciertas? Sin fe, no hay amparo". Se detuvo en la palabra "perras" como si la saboreara, como si la mordiera.

Cuando Él se fue, las siervas trabajaron despacio, con torpeza. El viento las atontaba. Algunas apoyaron la frente en las paredes para calmar las náuseas, otras se desmayaron y nadie las ayudó a levantarse.

Miré detenidamente a Lourdes. Lourdes con esa piel de mariposa radiante, impoluta, con esas manos livianas y perfectas, pero afiladas. Manos de insecto que produce dolor. Lourdes, la que llegó sin signos de contaminación, con todo el pelo, y sin manchas en la cara. Con los dientes intactos. Tiene que estar podrida por dentro, de otra manera sería Iluminada o alguna elegida: una Santa Menor, un Aura Plena, una Diáfana de Espíritu, pero es solo una de nosotras, una de las indignas, una de las que esperan. Lourdes intentó disimular su palidez de pájaro herido bebiendo del cuenco despacio, como si fuese posible cubrir la desesperación. El funeral podía fracasar y ella lo sabía. Todas lo sabíamos. A pesar del aire malsano, de los vómitos y del dolor

43

de cabeza, sentimos un enorme júbilo por la posibilidad de verla fallar.

Cuando llegué a mi celda, vomité sangre,
pero sonreí.

***

El viento cesó de golpe, mis vómitos también. Se instaló una tranquilidad espesa, un alivio frágil. Pasamos la prueba, susurraban. Las
Iluminadas nos van a seguir protegiendo, decían.
Sin fe, no hay amparo, proclamaban. Lourdes
retomó los preparativos para el funeral y la Hermana Superior me mandó a buscar setas para las
tartas especiales. Me dijo: "Quiero hongos del
~~bosque~~". Bajé la cabeza y, sin corregirla, le dije
que mi ofrenda iba a ser buscar los mejores hongos. Lo que ella quiere son las setas, el fruto del
hongo, y lo que llama ~~bosque~~ es un espacio dentro del muro (ese muro que contiene a la Casa de
la Hermandad Sagrada, la Torre del Silencio, el
Claustro de la Purificación, la Granja de Grillos)
donde los árboles crecen uno al lado del otro ta-
pando la luz del sol con su manto verde de hojas
perennes, donde el frío húmedo te envuelve de a
poco como un susurro afilado, como un rumor
capaz de engendrar el colapso y la naturaleza se
expande hasta que las paredes del muro la detie-
nen. Es el lugar donde está ella. ~~La audaz.~~ La indisciplinada: Helena.

44

Cuando voy ~~al bosque~~ a la arboleda siempre paso primero por la huerta que está a la izquierda de la Casa de la Hermandad Sagrada. Lo hago porque quiero ver si hay alguna Diáfana de Espíritu. Había una. Estaba agachada, con la cabeza sobre la tierra, escuchando el lenguaje ínfimo y multiplicado de los insectos. El Cristal Sacro le colgaba a un costado. La túnica que usan es de un blanco radiante, que siempre está impoluto. No sé cómo hacen las siervas para sacar las manchas de tierra. Escuchó mis pasos, o quizás el roce de la túnica sobre mi piel, o quizás la sangre impura fluyendo por mis venas. Me quedé parada mirándola y se levantó. Nos ven por dentro, no les interesa nuestra imagen, ellas tratan de escucharnos. Siempre hacen eso cuando uno las observa, por eso nadie se anima a mirarlas. Pueden percibir el sonido agazapado y agrio de las enfermedades, la lenta absorción del tejido óseo, conocen el eco de la oscuridad en la que viven nuestros órganos, por el ritmo del latido saben cuándo un corazón solo quiere poseer o quiere redimirse, quiere lastimar o quiere disolverse en otro pulso, distinguen el movimiento húmedo de las bacterias que nos habitan, ese microcosmos que acarreamos sin sentirlo. A veces se quedan largas horas en el parque tratando de descifrar si hay palabras humanas en el viento, si hay mensajes de nuestro Dios. Es normal verlas dando vueltas sobre sí mismas con la palma de la mano derecha apuntando al cielo y la de la izquierda a la tierra. Pero nadie sabe por qué lo hacen.

Abrió la boca y pude ver el hueco negro, los dientes, pero no la lengua. Cuando las eligen se las cortan porque solo pueden comunicar lo que saben por escrito a la Hermana Superior. ~~Yo no quiero ser una elegida porque no quiero que me mutilen.~~ Les gusta que sintamos asco, les gusta hacernos correr ante la visión, pero a mí no me alteran. Las observo para aprender porque algunas dicen que las Diáfanas de Espíritu pueden escuchar el pensamiento.

Antes de ingresar al espacio que ansía ser un ~~bosque,~~ me saqué los zapatos y me acosté en el pasto del jardín para sentir el sol en mi piel. ¿Qué sonido emite el sol? ¿Un estrépito caliente, un susurro tranquilizador? No había nubes. Daban ganas de tocar el azul del cielo, de guardarlo entre las manos, de sentir la belleza aterciopelada en la punta de los dedos. Vi una mariposa volando demasiado cerca. Era celeste, parecía que sus alas irradiaban luz blanca, pero esa belleza quemaba. Con sus patas ardientes dejaban marcas en la piel en la que se posaban. Eran tóxicas.

Distinguí un movimiento en el pasto. Me senté para ver en detalle cómo dos hormigas arrastraban a una cucaracha. La tenían atrapada, y empujaban ese cuerpo (que las superaba treinta o noventa veces su tamaño) una de cada antena. La cucaracha movía las patas porque intuía su destino. Ser devorada por miles de hormigas.

¿Sentirán miedo las cucarachas?

Hacía calor, pero no era sofocante. Respiré. Algunas noches, cuando tenía pesadillas, Helena me abrazaba. Creo que yo soñaba con la vida anterior (me gusta pensar que la recordaba en sueños), la vida antes de cruzar el muro, la vida de la tierra enferma, del hambre, cuando no tenía un arroyo con agua, ni pasteles, ni un Dios, cuando era una errante. La vida que no puedo recordar de manera consciente, por más que lo intento. Gritaba en sueños por las imágenes confusas, por las cosas que no entendía pero que dolían y, si bien abría los ojos, entraba en un estado de parálisis donde me costaba respirar. Era como si el mecanismo automático de inspirar y expirar fallara, como si mi mente no supiera qué hacer para concretar un acto tan simple y solo se resignara a esperar el ahogo. Pero ella me ponía las manos en la cara, a los costados, y me miraba a los ojos. Cuando lograba calmarme, Helena se acostaba a mi lado y me abrazaba hasta que me volvía a dormir. Desde que la enterramos viva, desde que la tierra la cubre, desde que nadie, excepto yo, puede distinguir cuál es su tumba sin nombre, ya no sueño con la vida anterior.

De repente, a lo lejos creí ver una sombra entre los árboles. Me pregunté si podía ser una errante escondida en ~~el bosque~~ la espesura, o un espíritu, uno de los monjes que nos acosan.

***

Conozco la diferencia entre las setas comestibles y las venenosas, por eso me mandan a buscarlas. Sé que aprendí a reconocerlas, pero no recuerdo cómo. A veces guardo las setas rojas con pintas blancas, las amanitas. Unos días antes del anuncio de la muerte de la Santa Menor probé de darle un trozo muy pequeño a Mariel, lo mezclé en su cena. Se pasó la noche lamiendo la pared del pasillo que da a nuestras celdas. La Hermana Superior le pegó, la sacudió, pero Mariel no reaccionaba. La miraba con ojos llenos de nada. Algunas susurraron que había espíritus malignos en el aire y que Mariel era susceptible a dejarlos entrar porque era mentalmente frágil. El espíritu de los monjes, dijo alguien de manera casi inaudible. La Hermana Superior se cansó de pegarle y se fue. Algunas intentamos hacer que Mariel reaccionara. Parecía que todas tenían miedo a que muriera, o peor, que las infectara de los espíritus oscuros porque para todas (menos para mí) ya era claro que en esos ojos se estaba gestando algo siniestro. Catalina gritó, y dijo que había sentido el aliento ponzoñoso de Mariel, que cuando la sacudió algo inmoral quiso meterse dentro de su vientre. Las indignas se apartaron horrorizadas. Yo la miré con fascinación por el efecto que le estaba causando la amanita. Me pregunté qué pasaría si le diera a alguien mucho más. ¿A qué grado de locura llegaría? Se aburrieron, la dejaron sola y ella lamió las paredes hasta que la lengua empezó a sangrarle. La separé de la pared y la guie hasta su celda. No lo hice por piedad, lo hice por curiosidad, quería conocer el alcance de los efectos de la amanita. La ayudé a cambiarse, la acosté en la cama y esperé a que se durmiera. Antes de hacerlo intentó decirme algo, pero tenía la lengua hinchada. Entendí palabras sueltas: Iluminadas, no, ~~bosque~~, hay. Deliraba.

Mariel no mató.

Mariel ardió.

Mientras buscaba setas, revisé las trampas que escondemos en lugares estratégicos y seguí caminando hasta que escuché el ruido alegre y brillante del agua del arroyo de la locura. Él dice que Dios nos brindó este reducto apartado, este pequeño edén impoluto, con agua limpia que surge del centro de la tierra o de las manos celestiales e invisibles de nuestro creador. No sabemos, no entendemos de manera lógica cómo es que sucede el milagro, solo aceptamos. Sin fe, no hay amparo.

En el agua del arroyo de la locura encontramos peces con huecos en lugar de ojos. Los cocinamos y se los dimos a una sierva, a una con manchas en el cuerpo, casi sin dientes, con mechones en lugar de pelo, con una voz como de parásito. No quería comerlos, pero la obligamos. La abominación para la abominable. Eso le cantaba Lourdes mientras le abríamos la boca y le metíamos los pedazos, los agujeros negros de los peces. No murió, pero nos dijo que el pecho le había estallado en llamas. La sangre era lava, un océano ardiente que la desintegraba. Las venas eran hilos de fuego. Por eso escuchamos sus gritos durante buena parte de la noche hasta que calló y pensamos que había muerto. Después nos contó que había pasado toda la noche sintiendo que estaba dentro del arroyo de la locura, sumergida en el agua (que en su delirio era negra), viendo relámpagos que se desplazaban como anguilas, con las manos y los pies sujetos por algas, sin poder moverse, ahogándose, rodeada de ojos sin cabezas, de ojos que flotaban y la miraban sin pestañear. Nadie quiere comer esos peces.

Sentí un frío húmedo. Seguí caminando, pero no encontré amanitas, quería algunas para Lourdes, para verla descontrolada haciendo el ridículo. Desnudándose en el comedor, o en la Capilla de la Ascensión, corriendo en el jardín. Mordiendo a la Hermana Superior o arrancándose el pelo rojo y suave. Lourdes danzando sin freno, desquiciada. Encontré rebozuelos, pero no trompetas de la muerte. Hubiesen sido tan pertinentes y hermosas para los pasteles del funeral.

Descubrí bayas de hiedra, incomibles, venenosas, pero buenas para hacer tinta, para que estas palabras tengan un color diferente. Rojas sangre, negras carbón, índigo, ocres.

Escribo como si estuviera ahí, ahora, como si pudiera vivirlo otra vez. Trato de apresar los segundos de ese momento, creo que los puedo enhebrar con estos símbolos frágiles porque las sensaciones se presentan con tal nitidez que no dudo de la fidelidad de mis recuerdos, de mis fabricaciones. Intento capturar ese presente, ese ahora, que se difumina con cada palabra trazada, con este lenguaje insuficiente. Pero estoy en este ahora que siempre se convertirá en pasado, en una palabra desértica en un papel manchado. Ahora estoy en la cocina, descalza, en penumbras, sola. Ahora escribo sobre la mesa, con la luz tenue de las brasas, atenta a los ruidos de la noche, siempre alerta porque no pueden encontrar estos papeles.

Ayer revisaron nuestras celdas. Lo supe unos días antes, y me anticipé porque conozco el flujo vibracional, los susurros y las medias sonrisas de las siervas que empiezan a aflorar en cuanto saben que van a darse el lujo de humillarnos. Pero mi celda es impoluta, y se aburren fácilmente. Una sierva se quedó mirando la grieta que estoy creando en la pared, pero no le dio importancia. Hoy, cuando termine de escribir, voy a esconder estas hojas y el cuchillo detrás de un mueble de la cocina, envueltas en la faja donde las protejo, la faja que llevo sobre mi cuerpo, debajo de la túnica, donde guardo estas páginas y el cuchillo (con el que abro la grieta) cuando tengo que moverme, cuando presiento que pueden encontrarlas. Mañana, cuando las organice, las enumere, las guardaré en mi celda nuevamente. Quizás, algún día, en algún ahora del futuro, alguien las lea y sepa que existimos. Que fuimos parte de una Hermandad Sagrada que vivió en un fragmento de tierra que se mantuvo pura, resplandeciente gracias a la piedad de Las Iluminadas. O quizás estos papeles se conviertan en cenizas y vuelvan a la tierra, abonándola, nutriendo las raíces de un árbol y nuestra historia sea comprendida por esas hojas que oxigenan el mundo colapsado.

Ahora respiro el aire frío de la cocina desolada, un frío helado como la punta de una aguja. Ahora una cucaracha mueve las patas y las antenas, atrapada en un frasco. Es de color rojo oscuro y me parece hermosa, porque es perfecta dentro de la repugnancia que me provoca. Es una pequeña obra de arte viviente. ¿Cuánto tiempo podrá vivir sin oxígeno?

Asir lo efímero, saborearlo.

Ahora me miro las venas en la muñeca del brazo izquierdo.

Purificar.

Me voy al otro ahora, a mi recuerdo nítido. Lo escribo en presente para revivirlo, para estar ahí nuevamente, como si ese momento hubiese quedado atrapado en un círculo de eternidad. Me muevo despacio. Ingreso en un clima diferente, uno donde el aire es denso como si respirase dentro del corazón enloquecido del ~~bosque~~ de la espesura, como si sintiera la vibración desquiciada de ese lugar que no logra dilatarse. Que no puede. Veo unos níscalos. Me agacho para juntarlos y, cerca, noto un movimiento inusual. Es un pájaro muerto, en descomposición. Hay tan pocos que me acerco para rendirle homenaje, a observar cómo opera la muerte. El pasto alrededor del cadáver está seco, por los fluidos del animal que fueron nutriendo la tierra. Parece enmarcado con un aura que lo protegiera de más muerte, como si la naturaleza le diera un lugar de preponderancia por su sacrificio, un santuario personal. Las células se destruyeron y las sustancias volátiles viajaron por el aire dando aviso del comienzo del ritual. Las moscas y los escarabajos se alimentaron y depositaron sus larvas en los huecos, en la boca abierta, en las heridas. Se están comiendo la carne, los tejidos, los ojos, los órganos en una pequeña danza frenética. Desmenuzan agrupadas, en silencio. El aroma que generan es estridente y pesado. También siento el olor de flores muertas. (Me pregunto si Dios está dentro de esas larvas. Nuestro Dios del que no conocemos el nombre. ~~Me pregunto si Dios es el hambre detrás del hambre y si detrás de Dios se aga~~

53

zapa el hambre de otro Dios). Me pregunto en qué fase de la muerte está ella, debajo de la tierra, si sentirá cómo desaparece su cuerpo poco a poco en la oscuridad que la cubre. Si estará desamparada. El pájaro murió mirando el cielo entre las hojas de los árboles. O lo hizo mirando las estrellas. Murió rodeado de belleza. Helena murió en la oscuridad, murió en el desastre. Ella fue la que me enseñó que desastre significa vivir sin estrellas, ni cuerpos celestes, ni cometas, sin la luz de la noche, en una oscuridad absoluta. (¿En la boca de Dios?). Me lo escribió en las palmas de las manos con el dedo manchado de barro. Estábamos en nuestro árbol escondido, dentro del hueco, sentadas sobre hojas secas, abrazadas porque apenas entrábamos. Nuestro refugio de difícil acceso, oculto. La zona en la que entierran a las irreverentes. Primero escribió *des* en la izquierda y después *astrum* en la derecha. Y acercó sus labios a los míos y me dijo, susurró: des-astrum, sin astros. El pájaro ya casi no tiene plumas porque otros se las llevaron para sus nidos y también lo hicieron con algunas larvas con las que alimentan a sus pichones. Cuando ya no haya más carne, ni larvas, ni moscas, ni escarabajos, las hormigas van a limpiar los huesos, con dedicación y paciencia, y con prolijidad se van a comer a las larvas débiles, las que no pueden convertirse en nada más.

A lo lejos escucho a las avispas. Ese sonido

que anuncia el daño. Las avispas muerden con sus pequeñas mandíbulas con dientes afilados, el aguijón es retráctil, pueden picar todas las veces que quieran sin morir. Hay una colmena en la rama de un árbol. La vi otras veces, en lo alto, pero no interfiero. Un día encontré a una de ellas muerta, intacta, y me la guardé. Era muy bella, tenía la elegancia de una flor monstruosa.

Sigo buscando setas hasta que la veo. Está desmayada, respira con dificultad y tiene las manos heridas, manchadas de tierra. Alrededor de su cabeza hay algunas amanitas. El rojo de las setas contrasta con el pelo negro desparramado en el pasto. Me siento para observarla con detenimiento, a una distancia prudencial. No tiene signos de contaminación. La piel es inmaculada, resplandeciente. Tiene puesto un vestido claro, que podría haber sido blanco, pero está manchado, con hilachas. La suciedad dibuja figuras extrañas, un diseño ominoso. La tela es pesada y le cubre las rodillas. Las piernas están plagadas de pequeños rasguños hechos por las plantas espinosas. Tiene unas botas de hombre, parecen borceguíes de guerra, seguramente le quedan grandes. Probablemente se los robó a un cadáver. Se nota que, como nos pasó a todas, huye de algo, de alguien. No veo ni un bolso ni una mochila. Las indignas (que antes de entrar en la Casa de la Hermandad Sagrada son errantes) llegan desahuciadas. Las siervas también. Todas fuimos errantes. Seguramente encontró un hueco en el muro y cavó hasta pasar. No es la primera que llega de esa manera. Algunas golpearon el portón con las últimas fuerzas hasta que les abrimos. Otras creyeron que podían trepar el muro, pero en la caída inevitable se desnucaron. Las sagaces buscaron los puntos débiles, los huecos del muro.

La sigo observando. Tiene la majestuosidad del ciervo blanco de los vitrales. ¿Será ella la silueta que se escondía entre los árboles? En el vestido y en la piel se mueven despacio pequeños círculos de sol que se filtra por las hojas de los árboles. Una libélula se posa en su vientre. Me tapo la boca para no gritar de la alegría. Hace años que no veo una. Las creía extintas. A través de las alas, de esa arquitectura transparente, de esa catedral tan frágil, veo cómo la respiración de la errante se vuelve regular, aunque pausada. Ella irradia una luz que no parece de este mundo. Me acerco apenas y la libélula se escapa, ella sigue inconsciente. Huele a transpiración y a suciedad, pero lo que predomina es el aroma de algo dulce y feroz, como el azul de un cielo límpido, un azul como de piedra preciosa. Algo que puede envolverte, encandilarte, despedazarte de placer. Un paraíso al borde del abismo. Tengo que dejarla. Parece una candidata perfecta para elegida o Iluminada, pero temo que ya está a punto de morir porque en su respiración siento una vibración agónica, quizás está llena de pecado, infecta por dentro.

Me acerco despacio para cortar un pedazo de amanita. Abre los ojos.

Al principio no me ve. Está mareada o confundida, parece tener la vista nublada. Me quedo estática, dejo de respirar. Cuando se da cuenta de que estoy demasiado cerca, casi tocándola, se arrastra, se aleja, me mira abriendo la boca, los ojos, y grita en silencio. Guardo dos amanitas en uno de los bolsillos de la túnica y me paro. Me voy corriendo, sin darle oportunidad a seguirme.

***

Hoy es el funeral de la Santa Menor. Se murmura que las Auras Plenas escupieron saliva y espuma, que temblaron durante horas, que se sacudieron poseídas por palabras indescifrables para el resto. Se dice que las Diáfanas de Espíritu tradujeron los mensajes subterráneos de las hormigas de fuego. Conocen el fulgor, el centelleo rojo de sus cuerpos mínimos. Eso significa que vieron señales, por eso la Hermana Superior me mandó a buscar setas. Él nos comunicó la noticia temprano. Nos habló de pájaros refulgentes y flores exóticas que habían crecido de la noche a la mañana. Nos anunció que hubo destellos en el cielo, que las compuertas se abrieron para recibir a la Santa Menor. Ordenó que el funeral debe celebrarse esta tarde. Lourdes dijo que las señales indicaban que debía hacerse al atardecer porque es el símbolo del ocaso y por lo tanto de la muerte. Tuvo el atrevimiento de decirlo. Anunció la ~~cursilería~~ buena nueva con solemnidad.

Lourdes dirigió los preparativos con eficiencia. La detestamos. La temperatura bajó de golpe, y respirando el aire gris y helado recolectamos flores, insectos, plumas, hojas. No encontramos flores exóticas, aunque las buscamos. Nos pidió frutas de los árboles que están en la huerta. Conseguimos pocas, la mayoría agrias. Se seleccionan los mejores frutos y verduras para ellas, para las emisarias de la luz, y el resto se lo dan a los animales (que no sabemos dónde están). La leche de cabra también la toman solo ellas. Los huevos, tan preciados, los comen únicamente Las Iluminadas porque muchos, al romperlos, tienen la yema y la clara del color de la sangre o un líquido negro. Los pocos sanos son un tesoro solo para Las Iluminadas (pero tampoco vi los huevos de los que hablan las siervas).

La Hermana Superior le dio permiso a Lourdes para entrar en la despensa donde se guardan conservas y especias desde hace mucho tiempo, desde el tiempo en el que en este lugar solo estaban los monjes, los adoradores del Dios erróneo, del hijo falso, de la madre negativa, los que algunas escuchan por las noches. Las raciona con severidad. Cocinamos pasteles con las setas y preparamos un festín con lo poco que teníamos. Molimos granos de café. Eran casi negros, tornasolados, diminutas células de placer. Algunas no reconocían el aroma embriagante y abrasivo porque nunca habían tomado café.

Cuando dejamos todo dispuesto, nos acicalamos. Aunque hacía frío nos bañamos con deleite, casi con alegría porque las siervas nos trajeron agua de lluvia, no la del arroyo de la locura. Es un día especial, por eso el agua tiene que ser pura, más limpia, sin residuos. A través de los camisones mojados pude adivinar los cuerpos flacos, las costillas sobresaliendo, como las mías. Tantos años de hambrunas dejan marcas, señales, rastros de la angustia. Hace algunos días lavé mi camisón en el arroyo de la locura. Lo hice para sacar las manchas de tinta del ruedo, para esconder la pluma con la que escribo estas palabras.

A María de las Soledades se le notaba la palabra Lluvia en la espalda. Me pregunté si le seguiría doliendo. Sé, porque estuve ahí, que cuando le cambiaron el nombre a María de las Soledades no lo aceptó. Intentó protestar, dijo que deseaba llamarse Mercedes o Victoria o Lluvia. Esa palabra usó: deseo. La miramos desconcertadas. Contuvimos la risa, nos tapamos la boca. ¿Lluvia? La Hermana Superior se acercó en silencio. Mientras caminaba, el oxígeno a su alrededor desapareció. Lo devoraba con cada paso. Era difícil respirar porque su cuerpo perfecto, su presencia magnífica y aterradora, ocupaba todo el espacio. Con un movimiento veloz, casi imperceptible, le arrancó la túnica, se la rompió al medio y la obligó a arrodillarse desnuda. María de las Soledades empezó a llorar, pero no se la oía. Las lágrimas caían en las baldosas del piso. Intentaba taparse las indecencias, pero no podía. La Hermana Superior pidió que le trajeran unos de sus látigos y un cuchillo. Primero le pegó y después, con dedicación y paciencia, le escribió Lluvia en la espalda con el cuchillo (dejando una herida permanente) y se fue sin decir una palabra. María de las Soledades no se movía.

La dejamos tirada en el piso, desmayada de dolor. Pero antes de irnos cada indigna la escupió en la espalda. Insurrecta, le gritó Lourdes. En los pasillos, Catalina preguntó en voz baja por qué habían elegido el nombre María, es el nombre de la madre negativa del hijo falso del Dios erróneo. Ahora es un nombre nuevo, le dijo Lourdes, como el tuyo, como el mío. Nuevo, puro, vaciado de lo anterior. Pero, después, Lourdes se encargó de que la Hermana Superior se enterara del cuestionamiento de Catalina. La Hermana Superior buscó el látigo.

Alguien susurró una canción que era miel derramándose, como luces danzando en el cielo. Cantar está prohibido y se castiga con dos días en la Torre del Silencio, pero nadie llamó a la Hermana Superior para denunciar la falta. Las únicas que cantan son las Santas Menores y solo los himnos sagrados. Lourdes no estaba entre nosotras para delatarnos, para arruinar ese momento de armonía fugaz, de felicidad precaria. Todas sentimos el alivio y, como un acto de hermandad verdadera, nos lavamos el pelo las unas a las otras, nos peinamos las unas a las otras y nos sonreímos las unas a las otras. Nadie habló, disfrutamos del aroma cristalino a flores. Las siervas dejaron túnicas blancas, limpias, las túnicas que se usan en ocasiones especiales.

Cada una regresó a su celda para reflexionar sobre la muerte. Esa fue la orden de la Hermana Superior. Ahora estamos esperando a que suenen las campanas que anuncian el inicio del funeral.

No pienso en ella, en sus piernas largas, en la posibilidad de que esté viva, encontrando el camino para llegar hasta nosotras. No pienso en la mujer errante acostada, en el ciervo blanco con el vestido manchado y las botas de hombre. No especulo sobre esas manchas, sobre las distintas tonalidades, sobre cómo surgieron. No sé si esas inmundicias son de sangre, de barro, salpicaduras de violencia, de intimidación, huellas de hambre, desesperación, soledad, vestigios de maldad. No me imagino apoyando la cabeza sobre su vientre para escuchar cómo respira, ni creo sentir su aroma de pájaro en libertad, de precipicio. No deseo que interrumpa el funeral. No quie

***

La Santa Menor estaba acostada en el altar. El atardecer es el mejor momento porque la Capilla de la Ascensión se cubre de pequeños esplendores. Son intangibles, fugaces, pero uno quiere estar en la belleza, en el centro de los colores traslúcidos, sentirse a salvo en el fulgor.

Nos sentamos y bajamos las cabezas a la espera de la señal de la Hermana Superior. Tuve que contener un gesto de asco porque la putrefacción del cuerpo de la Santa Menor ya era evidente. Algunas juntaron las manos, en un rezo fingido, para poder taparse la nariz.

Imaginamos que Él estaba detrás del cancel, intuíamos su presencia. Se quedó callado. No dijo nada durante tanto tiempo que el silencio adquirió una densidad que se materializó. Una densidad punzante que resquebrajó el aire, lo fragmentó. Nos quedamos muy quietas y respiramos despacio, con mucho cuidado de no ser lastimadas por las astillas transparentes. El mensaje era claro, la asesina seguía entre nosotras y Él lo sabía, pero no iban a hacer nada más, ni Él ni la Hermana Superior. Se lo hicieron todo a Mariel.

Mariel no mató, pero Mariel ardió.

Cuando el silencio nos estaba empezando a asfixiar, cuando las puntas filosas del aire roto crecieron de manera peligrosa, alguien ahogó un grito, pero fue tan audible que todas levantamos la cabeza y la vimos. Un Aura Plena estaba en el altar. Una elegida. La Hermana Superior se quedó sentada, controlando lo que había sido previamente calculado. La luz que irradiaba era un estallido, fuego inmóvil, una cadencia roja que nos cegó por unos segundos. Se quedó estática, parecía que nos miraba, pero no lo hacía. Después agitó las manos con movimientos precisos como si estuviera destruyendo las aristas afiladas del espacio, como si tuviera el poder de evitarnos cualquier dolor. Le vimos las marcas en las manos. El signo de haber sido rozada por Dios. Abrió la boca y dijo algo con una voz de inmensidad brillante, inaprensible. Nadie entendió, sus palabras no son para nosotras. Tocó el cuerpo de la Santa Menor y creímos ver cómo una luminiscencia azul lo abandonaba. Nos pareció que el Aura Plena se elevaba unos centímetros del piso como si levitara. Después, puso los ojos en blanco y se desmayó. La Hermana Superior se paró sin alterarse, sin sorprenderse, la alzó y se la llevó detrás del altar a los aposentos de las elegidas. Así de fuerte es, así de imponente.

Algunas dicen que la Hermana Superior, antes de la gran catástrofe, hace mucho, fue una migrante climática, que peleó en el ejército que participó de las guerras por el agua, en esas guerras que sucedieron junto con la desaparición bajo el océano de muchos territorios, de muchos países, algunas susurran que no es una mujer, que puede romperte el cuello con una sola mano, que puede partirte la espalda con un solo movimiento, que le enseñaron a criar insectos comestibles en las tribus milenarias, que Él y ella son hermanos. Les creo todo excepto que yo sí sé que es una mujer. Lo sé ~~porque~~

Cuando volvió, la Hermana Superior se quedó en medio del altar y nos hizo una seña. Nos paramos y, descalzas, caminamos en fila para rendirle honores a la Santa Menor. El frío de las baldosas dolía, como duelen las quemaduras. Cuando llegó mi turno agaché la cabeza, pero no lo suficiente, quería verla. Estaba cubierta con las pocas flores que logramos juntar. La mayoría sin aroma y con colores pálidos, desfallecientes. Estaba limpia, casi hermosa, con plumas en el pelo y una túnica blanca, pero lo que parecía podredumbre y hedor se concentraban dentro, consumiendo cada fibra, destruyendo lo que fue. La putrefacción le había hinchado el vientre, pero las elegidas son puras. ~~¿Era la contaminación fermentando lo que le abultaba el vientre?~~ Tenía un escarabajo de papel en cada ojo, emblema de la resurrección. Lourdes y sus simbolismos artificiales. Con las manos muertas sostenía una piedra, un cuarzo del cielo, en reemplazo del Cristal Sacro que le habían robado. Era azul, cristalina, con vetas microscópicas que formaban una pequeña galaxia encapsulada, un universo contenido. No me explico cómo hizo Lourdes para encontrar un cristal semiprecioso. Mientras volvía a mi asiento la miré. Estaba radiante porque sabía que la piedra nos iba a sorprender, era el detalle que hacía que ese funeral fuese el mejor hasta el momento. Quise matarla, lo sentí como una necesidad imperiosa, pero me senté y agaché, nuevamente, la cabeza. Me tranquilicé pensando en que esa misma noche iba a robar el cuarzo.

Él no participó del resto del funeral.

Las siervas, con resignación, nos entregaron velas prendidas, lo hicieron bajando las cabezas para que nosotras no estuviéramos obligadas a ver sus marcas, los estigmas de la contaminación. Para que, al mirarlas, no sintiéramos asco. Caminamos en fila hacia el jardín. Nos sorprendió ver ahora el cielo azul profundo, implacable, tenía nubes de fuego: naranjas, cobrizas, algunas rojas, con un rojo antiguo. Otras rosas, una negra. Era el cielo perfecto. No hacía ni frío ni calor. Había plenitud en el aire, una intensidad liviana. (¿Era la señal? ¿El cielo desplegaba los colores para anunciar que las compuertas estaban abiertas para recibir a la Santa Menor? ¿La naturaleza ignoraba la propia catástrofe en la que estaba sumergida?). Sentí alivio cuando pisé el pasto porque estaba fresco. Moví los dedos, y sonreí tapándome la boca.

Las ocho favoritas de Lourdes (sus débiles) tuvieron el honor de transportar a la Santa Menor hasta la Torre del Silencio. Lo hicieron en una tabla sobre la que pusieron un mantel bordado con figuras ondulantes. La Santa Menor estaba recostada sobre distintos tipos de hojas, y Lourdes le puso una corona hecha con las flores más bellas que encontramos. Una mariposa voló sobre el cuerpo de la Santa Menor. Hubo suspiros de regocijo y admiración por la belleza de sus alas azules hasta que vimos cómo posaba sus patas en la frente del cadáver y la quemaba. Lourdes la espantó con las manos. Muchas disimularon el gozo de verla fracasar, de ver cómo su obra ya no era perfecta. Las seis marcas ardientes de las patas no se van a borrar.

Caminamos hacia la derecha, despacio porque al estar descalzas teníamos que ir con precaución, poco a poco las nubes se oscurecieron y a cada segundo que pasaba veíamos menos porque las velas se consumían. Mantuvimos una distancia protocolar de treinta pasos de la Santa Menor. Pasamos por el cementerio donde están enterrados los monjes. No nos gusta caminar por ahí. Algunas dicen que vieron sombras, escucharon gritos en la noche, llantos como maullidos, susurros, alaridos de animales sufriendo. Otras susurran que los espíritus de los monjes se sienten en todas partes. Que por la noche ven presencias y sombras, escuchan voces en los pasillos de la Casa de la Hermandad Sagrada. Pasamos el Claustro de la Purificación (creemos que fue la casa del guarda del convento, y que lo llamaban claustro aunque no tiene columnas, ni es una galería, ni hay monjes paseando por ella).

Al llegar a la Torre del Silencio, las débiles de Lourdes abrieron la puerta de hierro y subieron la escalera circular cargando el peso. Me alegré de no pertenecer a ese grupo. Demasiados escalones para tanto peso. Lourdes las guio con una vela. Después supimos (porque Lourdes se encargó de contar el ritual una y otra vez) que les abrió la compuerta de la base y controló que dejaran a la Santa Menor en condiciones, en equilibrio sobre los huesos de las elegidas. El resto nos quedamos abajo, esperando a que terminara el ritual. Oímos el ruido de los grillos. Tenemos prohibido ir a la Granja de los Grillos, pero estaba cerca. Hay siervas vigilando día y noche. Algunas nos contaron que después de la Granja de los Grillos solo está el muro que encierra y protege el pequeño universo de la Hermandad Sagrada.

Al irnos no nos cercioramos de que la puerta quedara trabada porque es impensado que alguien quiera acercarse por propia voluntad a la Torre del Silencio. La puerta se cierra con llave solo si castigaron a una de nosotras, a una que merece quedarse a la intemperie, a cielo abierto, con la compuerta trabada, con los huesos de las elegidas y Las Iluminadas como única compañía.

Las elegidas y Las Iluminadas deben conservar la pureza, por eso no pueden ser enterradas.

Su esencia es inviolable, sagrada. El cuerpo de la Santa Menor va a quedar expuesto a los elementos porque la polución de la tierra no debe contaminarla. El sol, la lluvia, el viento, algunos pájaros, quizás un buitre (si es que todavía existen), se van a encargar de que las células, la carne, la esencia se dispersen por el cielo, permanezcan en las alturas, intocadas, limpias. Él dice que es uno de los máximos honores, que solo las elegidas y Las Iluminadas tienen ese privilegio.

Por eso ella, Helena, la insurrecta, la tenaz, la agitadora, está en la tierra, porque su cuerpo era una zona catastrófica, un remolino ciego.

El banquete fue una celebración silenciosa. Teníamos que estar tristes por la muerte de la Santa Menor, aparentar solemnidad y consternación, pero la alegría de poder comer sin restringirnos, de sentir otros sabores, se percibía en el aire. No quise mirar a Lourdes, porque la imaginé radiante en su momento triunfal, sonriendo sin mover la boca, sintiendo que cada vez estaba más cerca su oportunidad de llegar a ser elegida o Iluminada. Comimos las tartas de setas que la Hermana Superior manda a preparar con la harina de grillos que tiene un gusto ligeramente dulce, suave, que algunas dicen que se parece al sabor de los frutos secos, a almendras, dijo María de las Soledades, pero la miramos sin entender, ¿cómo es que comió almendras alguna vez? ¿Cómo se atreve a hablar con esas marcas que todavía tiene en la cara? Esas heridas que le dejó el cilicio y que no desaparecen. Las marcas de la infamia. Todas la miramos con un poco de asco porque no se habían curado del todo. Alguien le dijo que la lluvia no hablaba y nos reímos tapándonos la boca. A María de las Soledades le cayeron algunas lágrimas, pero nadie la escuchó llorar, a nadie le importó. Catalina susurró que el cianuro tiene el aroma de las almendras, pero que no todos podemos sentirlo, dijo otra y se callaron porque la Hermana Superior tocó la campanita.

Imagino a una almendra como a un tesoro que María de las Soledades no merece.

Nos sirvieron el café. Sentí el aroma poderoso, el olor a peligro, pero también a una alegría salvaje (algo que imagino se debe sentir en una selva), y antes de probarlo tuve que cerrar los ojos. Vi a mi madre en la cocina bailando descalza, yo la miraba desde la altura de mis diez años. Recuerdo el vestido de lunares, gastado pero limpio, su pelo largo brillante, la risa como pequeños cristales sonando al unísono, las manos tocando los rayos del sol que entraban por la ventana. Bailaba porque íbamos a poder comer, cantaba porque había conseguido café y pan. Era la época en la que todavía tenía una madre que me enseñaba a leer y a escribir; que trataba a los libros con cuidado porque decía: son maravillas contenidas en papel, los llamaba nuestros amigos; que celebraba la vida con pequeños gestos, todos los días; con su presencia luminosa encontraba belleza en el mundo que se degradaba minuto a minuto. Un mundo con falta de agua, sin escuela, sin luz. Un mundo con las inundaciones, las lluvias de ocho meses cayendo en menos de una hora, quedarnos, por días, en el techo de nuestra casa hasta que bajara el agua, nuestro llanto al ver a nuestros amigos flotando en el agua mugrienta: Lispector, Morrison, Ocampo, Saer, Woolf, Duras, O'Connor con las hojas empapadas, inservibles, pero las palabras estaban dentro de mí, las palabras que mi madre me instó a amar, incluso cuando no las entendía; los desplazamientos de tierra; los tornados; los vientos a más de cien kilómetros por hora; los árboles desplomados; los animales caminando en círculos por semanas, por meses, sin que nadie pudiese encontrar una explicación, hasta que se volvían locos de cansancio y morían; la ciudad destrozada; el granizo de piedras como frutos que caían del cielo con el sonido de las bombas, proyectiles de hielo fracturando el frágil velo de la civilización, las cosechas arruinadas; los calores extremos, peces cocinados vivos por el mar hirviente, peces muriendo de sed en los ríos, las sequías, las guerras por el agua, la escasez, el hambre, la sed, el derrumbe, mi madre muerta en la misma cocina en la que había bailado algunos años antes. La cocina sin sol, con la ventana tapiada, sin café, ni alimentos, sin agua, ni electricidad, con miedo. Le toqué las manos secas, le di un beso en la frente, la tapé con una manta sucia y me fui. No lloré.

***

Es tarde. No puedo dormir porque necesito buscar la piedra que tiene el cadáver de la Santa Menor, ese universo contenido. Las indignas van a tardar más en dormirse, por el café, pero no me importa esperar en esta celda sin ventanas. Espero y sigo agujereando la pared, sigo creando la grieta para que entre luz. Falta poco para llegar al otro lado, al aire de la noche.

El recuerdo de mi madre llegó como un golpe, como una revelación y la persona que yo era, esa niña incapaz de llorar, esa adolescente en constante alerta, esa mujer depredadora que habitaba en mí, oculta, resurgió. Bajé la cabeza para contener las lágrimas porque no quería que vieran mi debilidad, pero después, después recordé que estábamos en el funeral de la Santa Menor y lloré abiertamente, sin disimulo, ni pudor.

Lloré por la escuela a la que no asistí, por los libros que no leí, por los hermanos que no tuve, por el padre que no conocí, por mi madre resplandeciente y tiesa en el piso frío de una cocina que ya no existe, una casa que fue derrumbada por los tornados, las inundaciones, la tierra incapaz de sostener los cimientos. Lloré por mi pequeña familia desquiciada, la otra familia que me

71

aceptó y cuidó, mi familia de niños tarántula, a los que dejé una noche para buscar alimentos y cuando volví los encontré muertos. Los adultos los habían matado uno a uno mientras dormían. Algunos tenían los ojos abiertos y la mirada petrificada en un gesto de espanto porque sintieron dolor por los machetes y los cuchillos, sintieron miedo. Cuando se los cerré, noté que los cuerpos estaban tibios. No tuvieron tiempo de resistirse ni de gritar.

Me detuve unos segundos más para dejarle monedas en los ojos a Ulises, esas monedas inútiles que me regaló el día que me enseñaron a forzar una puerta, el día que entramos al edificio abandonado de la Biblioteca Nacional y, antes de llevarnos libros para usar en las fogatas, nos escondimos y les leí un cuento sobre una niña a la que invitan a una casa donde había un tigre que rondaba las habitaciones, y toda la familia tenía que tener mucho cuidado de no estar en la misma habitación con el tigre. Les tuve que explicar qué era un tigre y se maravillaron de que hubiese existido un animal así en el mundo porque dábamos por hecho que estaban muertos, todos los tigres, muertos de hambre, muertos por la contaminación, muertos de sed, muertos ahogados, muertos con la lengua negra y los ojos ciegos, muertos de tristeza, muertos en las grietas de la tierra, en ese alarido silencioso del mundo partiéndose en dos.

Cuando llegué al final del cuento bailaron en silencio. No podíamos gritar ni aplaudir, pero bailar en silencio fue nuestra manera de festejar. Casi ninguno de ellos sabía leer, solo dos lo hacían despacio y mal por falta de práctica porque eran niños que habían nacido en un mundo en el que solo se podía sobrevivir. No tuvieron la suerte de conocer a mi madre y su adoración por los libros.

Esa noche, antes de la fogata, Ulises separó el libro con el cuento y declaró que ese no se quemaba, que quería que les leyera más y, delante de todos, me regaló sus monedas, esas que cuidaba como si todavía valieran algo. Les leí otro de un hombre que vomitaba conejitos. Ulises se sentó a mi lado y mientras yo leía él imitaba los movimientos del hombre vomitando conejitos. Tuvimos que contener tanto la risa para no hacer ruido que nos caían lágrimas y nos agarrábamos la panza, que nos dolía por las carcajadas reprimidas. Ese fue el día en el que nos bautizamos como niños tarántula.

Tobías, uno de los más pequeños, dijo que él no quería ser un conejito y Ulises le contestó que éramos niños tarántula, piraña, escorpión, serpiente. Tobías abrió los ojos sin entender. ¿Qué son los escorpiones y las pirañas? Animales peligrosos, le dije, son animales que muerden, pican, lastiman, matan. Y Tobías sonrió. Todos sonreímos. Ulises me dejó encargada de la elección de libros para las fogatas. Me transformé en la más eficiente para terminar las tareas que me correspondían, solo para tener tiempo de ir a la Biblioteca y de elegir cuentos y mitos para leerles a la noche en la fogata. Para quemar, trataba de seleccionar libros sobre política o matemáticas o los que estaban escritos o traducidos a otros idiomas. Quemar un libro me daba rabia, porque sabía que incendiaba un mundo, pero necesitábamos calor y cocinar la carne de los animales que cazábamos. La mayoría eran mascotas abandonadas, que confiaban demasiado en los humanos. Al principio no quería, no podía comer, pero cuando pasaron los días y el hambre me lastimaba por dentro, me convertí en la mejor cazadora. A veces, cuando no teníamos suerte, eran ratas. Siempre que nos alimentábamos con los pocos pedazos de carne de las ratas que lográbamos cazar, me preguntaba qué había comido esa rata antes y siempre tenía que reprimir un vómito. Esta rata pudo haber estado en los basurales que todavía quedan en la ciudad, pensaba mientras veía su cuerpo diminuto asándose con el fuego de los libros. Basurales abandonados a los que ya no íbamos a buscar cosas o comida vencida en latas, porque era demasiado peligroso. Ellos los controlaban. Los adultos, esa plaga, querían los libros para quemar, querían nuestra reserva de agua, querían la basura, querían doblegarnos.

Mi familia estaba muerta. No pude enterrarlos, no pude despedirme de cada uno, tuve que huir porque ellos habían llegado, me estaban buscando. Sabían que éramos doce y nosotros sabíamos que ellos eran muchos más, y que tenían armas. Sabíamos que eran crueles como nosotros, pero no eran leales con los suyos, como sí lo éramos nosotros. Nosotros que nos curábamos las heridas, nosotros que compartíamos por igual el agua y los alimentos, nosotros que dormíamos abrazados cuando hacía frío, nosotros capaces de morir por uno de los nuestros. Nos turnábamos para espiarlos y veíamos lo que les hacían a los niños de ese grupo. Veíamos las marcas en los cuerpos débiles, veíamos los ojos vacíos, muertos. Veíamos la estupidez y la malicia. Nosotros éramos rápidos y sagaces. Linces. Pero la violencia ganó. Me alarmé porque estaban cerca, podía sentir el olor perfectamente inmundo de sus cuerpos sucios, la carne rancia colgando de sus dientes asesinos. Miré a Ulises por última vez, le acaricié la frente, le corrí un mechón de pelo rubio que le tapaba un ojo. Sabía que los adultos le iban a sacar las monedas, pero quería que supieran que los había eludido, que me había escapado de sus garras, que su triunfo no era total. Ulises parecía dormido, quise besarlo en los labios, para que el viaje al otro lado fuera menos solitario, pero escuché un ruido, algo crujiendo bajo una pisada humana y corrí.

También recordé a Circe. Pero no puedo escribir sobre ella, no ahora, porque duele. Duele demasiado.

(¿Debería estar feliz por haber sobrevivido a la inanición, a los años en los que formé parte del grupo de niños rapaces, de niños piraña, feroces, sin piedad? Niños huérfanos que no podían confiar en los adultos. Niños tarántula que aprendieron a cazar ratas, gatos, pájaros. ¿Debería sentir culpa por los alimentos que robé, por la gente a la que lastimé? ¿Debería castigarme por la que maté?). Si encuentran estos papeles ya no me importa que lean mis miserias, mis atrocidades. Ahora las escribo con el color índigo de las bayas venenosas. En el ahora sin almanaques, en el ahora de estas páginas.

Tomé café y lloré por estar acá, en este lugar, protegida, pero sin mis amigos. Con la Hermandad Sagrada. Lourdes me miró con odio porque a ella no le salían las lágrimas que hubieran coronado su éxito de manera rotunda. La Hermana Superior se acercó y me puso una mano en el hombro. No me animé a tocarla, pero la miré con agradecimiento como se hace con la Hermana Superior. Lourdes bajó los ojos y masticó la tarta con rabia porque Lourdes era la preferida de la Hermana Superior. Lourdes sabía lo que significaba ese gesto, todas lo sabíamos.

***

Circe. Mi hechicera.

***

Cuando ya era muy tarde salí de mi celda, descalza para caminar en silencio, para esconderme en los huecos, para fundirme en la oscuridad. Caminé por los pasillos hasta el Refugio de Las Iluminadas. Sabía que me estaba arriesgando, pero me quedé frente a la puerta negra. Toqué despacio las plumas del ruiseñor cincelado. Imaginé mi ascensión a Iluminada y cerré los ojos apoyando la cabeza sobre la madera. Intenté escuchar la reverberación de la gubia en la madera cuando el orfebre la creó, probablemente, hace siglos. Cerré los ojos y me concentré en sentir el crujido interior, la expansión y contracción de la celulosa, de los tejidos. El grito mudo del árbol en el momento en el que lo talaron. El mordisco sigiloso de algún insecto. Pero no escuché nada. No hay nadie, pensé, pero, en ese momento, alguien habló. Era Él. Su voz era como el color azul oscuro de las golondrinas en vuelo, de esas golondrinas que venían en primavera a anidar a nuestro techo, el techo de una casa en la que había sido feliz y que ahora no existía. Un sonido muy distinto al que emite en el altar, donde declama con una voz de batallón sagrado, de legión bendita, una voz que contiene aullidos, capaz de cautivar y herir en igual medida. Cuando lo escuché cerca de la puerta, huí, pero antes sentí un llanto pequeño, quebrado.

Había luna llena y el jardín estaba sumergido en una luz blanca, cortante. El pasto parecía un mar de vidrio, semejante al cristal. Creí ver una sombra moviéndose entre los árboles. Pensé en los fantasmas de los monjes, ~~decían (susurraban) que la Hermana Superior y Él los habían matado~~, algunas aseguran que no están en el cementerio, que están enterrados en la huerta, que las pocas frutas y verduras que crecen están abonadas por la carne santa de monjes inocentes, que de noche se escuchan cantos gregorianos, hipnóticos, cantos que pueden volverte loca porque son hermosos, voraces, cantos que anuncian que nosotras somos intrusas y ellos están esperando el momento para regresar y vengarse. Algunas juran que los monjes les dejan marcas de fuego en el cuerpo, dedos en la piel, golpes que no pueden explicar.

Escuché un grito en medio de la oscuridad. ¿Un pájaro? Hay tan pocos. ¿Había sido un llanto? Me escondí detrás de un árbol y esperé. No había nadie. Respiré el aire fresco y me calmé porque solo escuché el sonido de los grillos. Lejano, pero constante, como un goteo hiriente, corrosivo.

Cuando llegué a la Torre del Silencio vi que la puerta estaba abierta. Recordé que Lourdes, la precavida, la solícita, la había cerrado, aunque sin llave. Entré y sentí en la planta de los pies la dureza helada de la escalera de piedra. También la suciedad que las pisadas de Lourdes y su séquito no habían logrado limpiar, algo pegajoso y viejo manchaba esos escalones. El olor a encierro, a descomposición y humedad me desconcertó. No sé qué esperaba. ¿A qué puede oler una torre construida hace siglos? Creí ver que algo se movía debajo de la escalera, pero seguí subiendo (ochenta y ocho escalones espiralados). La compuerta es pesada, tardé en abrirla. Me lastimé las manos, pero no sentí dolor. Ahora, mientras escribo, lo hago con cuidado porque la pluma roza las pequeñas llagas de las astillas que se clavaron en mi piel.

Cuando, finalmente, logré abrir la puerta, el aire frío de la noche fue como un eco replicándose a sí mismo. No había alivio, la torre entera parecía haber quedado atrapada dentro de una burbuja que el sonido de la muerte había creado. La reverberación de su trabajo minucioso y secreto, esa música de fauces silenciosas.

Distinguí la silueta de la Santa Menor.

Caminé sobre los huesos de las elegidas. Lo hice con cuidado para no lastimarme los pies.

Me costaba respirar, porque al hacerlo inhalaba las partículas de la Santa Menor. En mis pulmones anidaba su desaparición gradual de este mundo. Podía oler el deterioro y la soledad. La soledad inmensa de los cuerpos sin vida, esa soledad que es como una luz tenue siempre a punto de apagarse.

Me agaché y, primero, toqué el vientre hinchado. Duro. Después la piedra que estaba entre sus manos. Parecían garras heladas por el rigor mortis, pero sentí los dedos quebrados. Claro, tuvieron que hacerlo para poder poner la piedra entre las manos, pensé. No podía ver el azul profundo, pero esa vibración contenida, esa galaxia inmóvil tenía que ser mía. Guardé la piedra en el bolsillo de la túnica y bajé la escalera con cuidado. Cuando llegué al último escalón, la vi y grité.

***

Tuve que dejar de escribir porque escuché ruidos en el pasillo. Escondí estos papeles debajo del colchón, apagué la vela y me acosté en la cama. Alguien abrió la puerta de mi celda y se quedó mirando en silencio. Supuse que era la Hermana Superior, la única capaz de caminar por los pasillos y de revisar las celdas por la noche. La única capaz de abrir una puerta sin anunciarse. La única capaz de quedarse mirando por horas mientras dormimos. La única capaz de entrar a una celda y quedarse hasta el día siguiente. ~~Como lo hizo conmigo, una vez que prefiero no recordar, ni escribir.~~

Entró. Caminaba dando golpes incluso cuando no quería que se la oyera. Sus pasos son como incendios. No la podía ver, pero estaba ahí llenando el espacio con la rabia de los huracanes. Con esos pantalones de guerra, con esas manos largas y finas que parecen frágiles, pero son letales, con esas facciones que hipnotizan como las de una diosa del caos y la destrucción. Su silueta oscura violentaba el aire, la vaciaba. Pero sentí algo más. Apestaba. (¿Era el hedor de los grillos? Dicen que los grillos, una vez muertos, tienen un aroma repugnante). Ella olía a algo denso, olía como imagino que huele el color negro, a desmesura, a encierro, a demencia. Pero no contuve la respiración, porque también era un olor abrasador, magnético.

Dicen (susurran) que ella puede ver en la oscuridad.

Se quedó al lado de mi cama, mirando en silencio hasta que un ruido le llamó la atención en el pasillo, y se fue.

Yo tenía los dedos manchados con tinta azul, la tinta que guardaban los monjes cantores, los monjes fantasmas y que cada tanto uso cuando no puedo hacer la mía. Si la Hermana Superior hubiera inspeccionado mi celda, ~~si se metía entre mis sábanas,~~ habría tenido enormes problemas, quizás un castigo ejemplar, quizás un castigo definitivo. Pero no lo hizo, y ahora estoy en el cuarto de limpieza, donde guardamos las escobas, baldes y trapos. Puedo escribir hasta que se consuma la vela, aunque a veces lo intento en la oscuridad, pero ya no quiero desperdiciar papel ni tinta en ideogramas incomprensibles. Quizás alguien me lea, nos lea. A veces pienso que no importa nada de esto. ¿Para qué me arriesgo con este libro de la noche? Pero necesito hacerlo, porque si lo escribo es que fue real, si lo escribo quizás no seamos solo parte de un sueño contenido en un planeta, dentro de un universo que se esconde en la imaginación de alguien ~~que vive en la boca de Dios~~.

Cada una de estas palabras contiene mi pulso.

Mi sangre.

Mi respiración.

Si lo escribo ella vuelve al presente de mi memoria. La veo con claridad. Ella estaba ahí en la Torre del Silencio y grité porque no la reconocí en el momento. Pensé que era una de nosotras, alguien con mi misma idea, aventurándose en la noche. Una ladrona como yo. Una de las indignas ávidas de tener en sus manos una pequeña galaxia detenida. Pensé en alguna presencia, en el espíritu de la Santa Menor reclamando su piedra mortuoria, su pago para cruzar el río Aqueronte ~~porque de Santa no tenía nada~~. Pero, entonces, se acercó y sentí el aroma salvaje y dulce. Era el ciervo. La miré en silencio sin entender.

La daba por muerta.

Muerta entre los árboles, muerta en la espesura. Muerta de hambre, de sed, enferma de pecado, muerta de tristeza, hinchada de contaminación. Muerta como tantas errantes que llegan desde las tierras baldías, arrasadas.

No supe qué decir, cómo reaccionar. Pero, entonces, habló y su voz no fue ni radiante, ni traslúcida, ni salvaje, ni dulce. Fue otra cosa, la mirada amarilla de un lobo, de esos que había visto en los libros abandonados de la Biblioteca Nacional. Una voz triste, pero profunda, de alguien que conoce y acepta el espanto, de alguien que sabe crear belleza.

Dijo que había caminado por días, con sed y sin comida, que había visto un muro, un hueco en el muro y que había agrandado el hueco con ramas, con las uñas, que se había lastimado con la tierra dura, con las piedras de la tierra dura, que había sangrado, pero que, después de excavar durante horas, había logrado pasar, que había caminado por un ~~bosque~~, que había visto una mujer con una túnica, que la había abandonado, que había intentado seguir a esa mujer, pero se había perdido, se había desmayado del cansancio, que tardó en salir del ~~bosque~~ y que esperó a que se hiciera de noche para encontrar un lugar donde esconderse, que no se animó a tocar la puerta de ese lugar que parecía un convento, repitió que tenía sed, y hambre, que la ayudara, que en cuanto recuperara las fuerzas podía trabajar, podía hacer lo que le pidiera.

Por una de las aberturas en la piedra de la Torre del Silencio entraba la luz de la luna llena.

Su piel parecía que irradiaba un fuego hecho de hielo. Se arrodilló, juntó las manos y me imploró con una frase prohibida. Le separé las manos con violencia y le pegué en la mejilla. Nunca, le grité, nunca nombres al Dios erróneo, ni a su hijo falso, ni a su madre negativa y esto no es un convento. Esta es la Casa de la Hermandad Sagrada donde está el Refugio de Las Iluminadas. Te pueden quemar, te pueden enterrar viva, le susurré. Después me di cuenta de que la había tocado, que podía estar contaminada y, en otro acto inconsciente, me llevé las manos a la boca abierta para ocultar mi propia desesperación. Di tres, ocho pasos, alejándome, pero ella se acercaba y ahora susurraba frases en otro idioma. Le imploré que no siguiera avanzando, que podía estar contaminada, que la iba a ayudar con una condición y solo si seguía mis indicaciones. Le advertí que solo podía hablar la lengua de la Casa de la Hermandad Sagrada.

Oí un canto o un grito o un llanto, miré el cielo, y supe que estábamos cerca del amanecer. Ella se quedó quieta, pero después se abrazó a sí misma como si tuviese mucho frío o como si quisiera protegerse de lo que le estaba por decir.

Desde la oscuridad de la Torre del Silencio le dije que yo había sido la que la había encontrado, que tenía que ser nuestro secreto, que tuve la caridad de no matarla, que la dejé por si sobrevivía y que tenía que quedarse ahí un día más, que le iba a llevar agua y algo para comer, pero que si la veían podían llegar a matarla.

No me dejes,

tengo miedo.

Me suplicó, con el amarillo traslúcido de los lobos. Pero yo sabía muy bien que la piedad es como una dinamita silenciosa que te instalan en el corazón y que, cuando estalla, ya no hay posibilidad de juntar los pedazos. Me lo habían enseñado los niños tarántula. Sin piedad se sobrevive. Sin piedad hay más agua para el grupo. Sin piedad hay tiempo para leer cuentos sobre mujeres que ponen cucarachas en bombones. Pero con Circe tuve piedad. Y ella la tuvo conmigo. Pero el ciervo blanco no es Circe.

Ella vio que no iba a rendirme, que no me iba a doblegar a su voz dorada. Me rogó: No me dejes. Subí la escalera, pero no abrí la compuerta porque escuché voces. Hombres que cantaban, que me llamaban. Quieren hacer daño. Hay rabia en este lugar.

Era evidente que estaba desquiciada por el hambre y el cansancio y se lo dije. ¿Cómo podía saber ella sobre los monjes? Le ordené que se quedara ahí, que esperara, que no hiciera ruido. Cuando caminé hacia la puerta, se agachó y me abrazó las piernas. Sentí su aroma feroz y dulce. Ese paraíso al borde del abismo, ese azul cristalino.

Me gritó palabras que no entendí: *Plis, ai beg iu, plis.*

Le dije que me soltara, que si quería seguir viva no podía hablar idiomas prohibidos porque le iban a arrancar la lengua. Me miró aterrada y, después de segundos que parecieron minutos encapsulados, siglos encerrados en años, se levantó despacio y se quedó llorando sentada en uno de los escalones.

Le expliqué que tenía que esconderse porque ya amanecía, que le iba a llevar agua.

Me fui cuando en el cielo había trazos de nubes naranjas. A lo lejos, en la huerta, vi a una de las Diáfanas de Espíritu. Me escondí detrás de un árbol y me moví lo más despacio que pude para que no me escuchara. Cuando apoyó la cabeza para captar los sonidos de la tierra amaneciendo, del trabajo delicado de los insectos, de los mensajes ocultos que se transmiten de árbol a árbol a través de las raíces, logré entrar sin que me viera.

Apenas llegué a mi celda, me lavé y sequé los pies con el agua del arroyo de la locura. El agua que las siervas cargan todos los días. Diferente del agua que tomamos nosotras y los grillos. Esa es el agua de rocío que la Hermana Superior recolecta con sus pirámides invertidas. No nos deja verlas. Están custodiadas. Dicen que son pirámides de vidrio, que el rocío se concentra en el vidrio y de esa manera se lo recolecta porque el agua cae hasta llegar a un hueco con un balde donde se derraman las gotas. Algunas aseguran que las pirámides están hechas de tela y el sistema es mucho más complejo. Otras dicen (susurran) que todo es mentira y que solo tomamos agua del arroyo de la locura, que por eso algunas están dementes, que son minusválidas mentales como Mariel, que las elegidas no tienen dones, no son especiales, solo están trastornadas. Sé por qué lo dicen.

Hace ya mucho tiempo (sin que la Hermana Superior se enterara) decidimos bañarnos en el arroyo de la locura. Era un día de calor, el sol nos hacía arder la piel, y un grupo fuimos a refrescarnos. Yo solo sumergí los pies y me mojé la cabeza, pero algunas se arriesgaron a hundir todo el cuerpo. Como es poco profundo se recostaron para que el agua fluyera sobre ellas, para sentir el alivio de la corriente fresca sobre la piel. Catalina cometió el error de abrir la boca. Cuando salieron, cuando nos estábamos secando, se agarró la cabeza. Al principio no dijo nada, solo se apretaba la cabeza mientras abría los ojos. Bañarnos en el arroyo de la locura está prohibido, teníamos que volver antes de que alguien se diera cuenta, fue por eso que me paré y la sacudí para que reaccionara. Finalmente habló: Tengo arañas que caminan por mis pensamientos. Siento la punta de sus patas, son como alfileres calientes que se clavan muy despacio en mi cerebro. No gritó cuando lo dijo, solo lo repitió hasta que se desmayó. Ya nadie afirma que nos dan agua del arroyo de la locura, la Hermana Superior se encargó personalmente de erradicar el rumor. Tampoco nos deja ver los grillos que nos comemos con agradecimiento y resignación. No los vemos, pero el sonido es un murmullo indestructible que nos atraviesa, agudo, penetrante.

Miré el vaso con agua apoyado sobre la mesa. La luz de la vela era débil, pero creí ver en el agua un movimiento inusual, como si algo viviera en ella.

(¿Será agua del arroyo de la locura?

¿Estaré loca?

¿Trastornada?

¿Demente?)

Antes de acostarme, antes de dormir unos minutos recordé el cuarzo en el bolsillo de mi túnica. Lo saqué y vi que era una piedra negra, opaca. Tuve que contener un grito de furia.

Lourdes, la atroz, la insidiosa, la había cambiado cuando dejó a la Santa Menor en la Torre del Silencio. Todavía no entiendo cómo fui tan estúpida, tan ilusa. Todavía no entiendo cómo no me di cuenta de que Lourdes no iba a permitir que un tesoro semejante quedara atrapado en las manos de un cadáver.

Quise ~~matarla~~, quiero ~~matarla~~. Quiero ~~atarla~~, quiero ~~golpearla~~, quiero ~~destruirla~~, quiero ~~romper~~-

la, quiero ~~lamerla~~, quiero ~~desnudarla~~, quiero ~~torturarla~~, quiero ~~matarla, matarla, matarla~~. Quiero

***

Mamá decía que nunca había vivido un buen año. Que los últimos que habían conocido cierto bienestar habían sido sus bisabuelos. Siempre convivió con los desastres ecológicos que se agravaban día tras día. Al menos, decía, todavía podemos alimentarnos, vivir en paz en nuestra casa, nuestra casa con golondrinas que anidan en el techo. Mamá creía que las golondrinas solo anidaban en casas felices. ¿Cómo saben, mamá? ¿Cómo reconocen una casa feliz de una triste? Porque la gente feliz tiene un brillo que se expande e impregna las cosas. ¿Qué es impregnar? Que la luz queda unida a lo que toca. Las golondrinas la ven.

Quizás idealice los recuerdos. Quizás son ficciones que quiero creer. Mi madre se dejó morir en el piso de la cocina, de hambre, de tristeza, de agotamiento. No la culpo por abandonarme.

En la Casa de la Hermandad Sagrada no hay golondrinas. No distinguimos una estación de otra, en una semana podemos vivir las cuatro estaciones fundidas, unas atraviesan a otras, se destruyen, el frío del invierno congela un día primaveral, el calor derrite la paz otoñal, y todas ellas están enmarcadas por un silencio punzante que se extiende cada vez con mayor rapidez. El silencio de los pájaros que ya casi no cantan.

Alguien de la Hermandad Sagrada intentó difundir el año del calendario prohibido, pero la Hermana Superior también se ocupó de destruir ese rumor a latigazos. No sabemos en qué año vivimos. Espero que, si alguna persona está leyendo estas páginas, lo haga en un mundo donde el tiempo se mida artificialmente aunque sepamos que es una construcción, aunque intuyamos que detrás de ese tejido numérico no hay nada más que el ahora. Quizás en un futuro, en algún lugar sea el AÑO UNO, nuevamente, o quizás sea el AÑO DEL DRAGÓN ROJO y ya no se usen números, se usen palabras hermosas, el AÑO DE LAS LUCIÉRNAGAS, el AÑO DEL LOBO INVISIBLE. ¿Y en el calendario oriental qué año estaríamos transitando? ¿En el hebreo? ¿Por qué me importa tanto si el tiempo y el espacio desaparecen cuando el mundo está deshecho? ¿Habrá nuevamente fronteras y países en el futuro? Hoy, acá, ahora no importan los días. Ni los meses. Desaparecen como arena entre las manos, sin registro. Excepto en este libro de la noche, en este calendario clandestino, este día podría llamarse EL DIA DEL CIERVO.

Después de llevarle agua y comida a la Torre del Silencio donde se mantuvo escondida como le pedí, después de que una de las siervas la encontrara desmayada en el jardín (porque eso fue lo que le indiqué, que fingiera estar desmayada y no recordar cómo había llegado a ese lugar), después de que la sierva corriera a avisar y tocaran la campana, después de que otra sierva le tirara agua desde lejos, después de que fingiera despertarse y no entender, después de que le señaláramos que se mantuviera alejada y la guiáramos hasta el Claustro de la Purificación, después de la cuarentena en el Claustro de la Purificación, después de que una sierva con lágrimas en los ojos y nerviosismo (por miedo a contagiarse de algo) le diera de comer y beber (con la Hermana Superior controlando con el látigo que lo hiciera), después de que confirmaran que no tenía signos de contaminación, después de que la Hermana Superior declarara que era bienvenida, hoy vamos a recibirla oficialmente en la Hermandad Sagrada.

Hoy, en EL DIA DEL CIERVO, en su día, le van a asignar una celda y un nombre. Hoy van a darle una túnica limpia, le van a sacar el vestido con manchas y los borceguíes de guerra. Hoy que todavía es de día y escribo aislada en mi celda sin ventanas con la pequeña luz que entra por la grieta, por esa fisura creada con empeño, con dedicación, por esa hendidura que me permite respirar. Escribo mientras espero a que suenen las campanas para anunciar el comienzo de la ceremonia.

Hace tiempo que no aparecía una errante, una candidata tan evidente para elegida o Iluminada, por eso la Casa de la Hermandad Sagrada parece una colmena de avispas. El sonido de los grillos se mezcla con el murmullo subterráneo de voces inquietas, al acecho.

***

El ciervo ahora se llama Lucía.

***

Nos dijo que para ser Iluminadas teníamos que dejar de ser flores iracundas, escorpiones pródigos en veneno, henchidas de ponzoña, bestias con colas agudas, esparciendo la desidia y depravación, apestando el mundo entero. Todas miramos a María de las Soledades que hundió los hombros y bajó la cabeza. Ya no pronunciaba palabras. Las había perdido todas. Una de las heridas que le había dejado el cilicio se infectó. María de las Soledades se tapaba la boca con una mano, pero veíamos día a día cómo se le deformaban los labios, cómo se le hinchaban, el color blancuzco que supuraba. La marca de la infamia.

Con sus botines negros, la Hermana Superior golpeaba la madera clara del piso. Casi no se los oía, pero yo sí los percibía. Esos golpes que son como punzadas. Tenía el látigo de cuero al lado de los pies, el látigo especial. Los vitrales estaban opacos porque había nubes. El ciervo blanco se veía oscuro, desdibujado. Él nos amenazó con una incesante lluvia de fuego y arena ardiente. Estaba detrás del cancel, como siempre, y aunque su voz era una ola negra capaz de fosilizarte la sangre, esa sangre impura, yo la escuchaba lejos, como un eco perdido en una cueva porque no podía dejar de sentir a Lucía. Estaba a mi lado, confiaba en mí. Compartimos un secreto, nos une una lealtad.

Con un dedo toqué la tela áspera de su túnica. Sentía el abismo de su aroma, esa piel impregnada de un paraíso azul en el cual quería soltarme, dejarme ir, caer para siempre. Me costó concentrarme, porque Lucía irradiaba algo más. ¿Ansia? No, ella no cargaba con esa serpiente de muchas cabezas que es el deseo. Yo estaba henchida de avidez. Todas. Las siervas querían dejar de serlo, aunque no podían, aunque toda su vida iban a seguir siendo lo que eran. Las indignas queríamos dejar de serlo porque podíamos llegar a ser elegidas (~~mutiladas~~) o Iluminadas. Podíamos ser emisarias de la luz si nos sacrificábamos lo suficiente. Pero al resto no se nos notó tan rápido y de manera tan clara. Nos costó adaptarnos, entender. Algunas ni siquiera hablaban el idioma de la Casa de la Hermandad Sagrada. No, no era avidez lo que tenía Lucía. Tenía la seguridad de las personas que saben porque calculan, porque planifican estrategias o, simplemente, porque entienden que son especiales.

Como si lo supiera, como si alguien le hubiese indicado los pasos y los modos, Lucía deslumbró a la Hermana Superior en la ceremonia del cambio de nombre. Fue sumisa, diligente, agradecida, receptiva de aquello que estaba recibiendo. Disciplinada. Se arrodilló antes de que se lo indicaran, mantuvo la cabeza gacha en todo momento, aceptó el nombre como si hubiese sido siempre suyo. La mansedumbre perfecta. A lo largo de la ceremonia Lourdes la miró con una sonrisa desencajada. Todas la miramos con sospecha, incómodas. Supe, en ese instante, que iban a lastimarla, que no iban a permitir que Lucía calificara como candidata a elegida o Iluminada. Pero también supe, en ese instante, en ese preciso momento, y lo sé ahora mientras escribo con la tinta roja de bayas venenosas, sé que voy a protegerla, aunque sea una rival, aunque yo también quiera ser Iluminada. Quiero sentir el paraíso todas las veces que pueda.

Y nadie me lo va a arrebatar.

***

Circe. La maga.

Vi el brillo de sus ojos amarillos cuando tuve que escaparme de la ciudad para que los adultos no me encontraran. Tenía mi cuchillo, hambre y sed.

No puedo escribir sobre ella, no todavía, porque Circe se llevó parte de mi luz, esa luz que necesito que vuelva a correr por mis venas.

Purificar.

***

Hace varios días que el cielo está sucio, tiene el color del barro. Hay algunas nubes negras que parecen quietas. Su inmovilidad nos pone nerviosas. Desde que le dimos la bienvenida a Lucía pareciera que va a llover, que se avecina una tormenta, pero no termina de suceder. Las Iluminadas dictaminaron que es lluvia ácida. La Hermana Superior ordenó a las siervas que guardaran a los animales (que nunca vimos ni en la huerta, ni en un corral. ¿Existirán?) y que cubrieran los pocos cultivos que tenemos. (¿De qué puede servir que cubran los cultivos? El agua envenenada penetra en los poros de la tierra y llega a las raíces).

La lluvia ácida es peligrosa. Quema.

Eso murmuran, que puede incinerarnos por dentro, calcinar nuestra sangre, pero desde que estoy acá la lluvia siempre fue agua cayendo del cielo, agua que recolectamos y guardamos como oro líquido. Nadie se explica cómo y por qué puede existir la posibilidad de la lluvia ácida si ya no funcionan fábricas, si cada vez hay menos humanos. Pero la Hermana Superior insiste y ella sabe porque se lo confirmaron las elegidas y Las Iluminadas. Dicen que después de migrar, como tantos otros empujados por los tornados, las sequías, el hambre que hicieron inhabitables lo que antes eran sus países, ella estuvo con las tribus milenarias, las tribus de mujeres sabias que le enseñaron a vivir sin depender de la civilización, mucho antes del derrumbe. Porque ellas sabían, conocían los presagios. También dicen que la Hermana Superior luchó en las guerras por el agua, en las más violentas donde acribillaron a las tribus milenarias, que defendió a las suyas hasta último momento, que fue prisionera, esclava, que se escapó. No tenemos manera de confirmar nada de esto, pero se lo creemos todo porque la Hermana Superior carga la historia de su vida en cada paso, está ahí, la desmesura, la sentimos y por eso le tenemos miedo y admiración.

La Hermana Superior anunció que las indignas tenemos que ofrecer un sacrificio para que la pureza de nuestro espacio se mantenga, para que el delgado equilibrio no estalle, para que la contaminación no afecte a la Casa de la Hermandad Sagrada, para que Dios evite la lluvia ácida. "Sin fe, no hay amparo", repitió mientras tocaba la campanita varias veces. Las Auras Plenas vieron las señales en el cielo. Las Diáfanas de Espíritu las escucharon en el zumbido de los insectos, en el desplazamiento ínfimo de las nubes, en el crecimiento de las plantas. Las Santas Menores las advirtieron con un canto celestial y Las Iluminadas, las emisarias de la luz, dictaminaron que era lluvia ácida.

Es una prueba, gritó la Hermana Superior. Otra prueba de la que vamos a salir victoriosas.

~~Esta vez me costó creerle porque la campanita no~~
~~dejaba de sonar, como si moviéndola generara al-~~
~~gún conjuro que hiciera que la lluvia ácida dejara~~
~~de ser una amenaza.~~

Lourdes se paró. La miramos, sabiendo que, seguramente, iba a ofrecer la mejor idea, el mejor sacrificio de todos los tiempos. Pero cuando iba a abrir la boca, Lucía dijo con su voz amarilla, con sus palabras de lobo: me ofrezco a caminar sobre brasas ardientes.

La campanita dejó de sonar de golpe.

Lucía sonrió.

La miramos en silencio, incrédulas. Ella parecía no darse cuenta de nada, o se daba cuenta y, simplemente, no le importaba. No registró los labios apretados de Lourdes, sus manos crispadas que arrugaron la túnica siempre impecable. Tampoco la inmovilidad de la Hermana Superior, que parecía una escultura rota de piedra. Nunca nadie se había ofrecido para un sacrificio de semejante magnitud. Cuando la Hermana Superior nos exige sacrificios imposibles postulamos a alguna débil que tenga pendiente el pago de algún castigo. Las siervas no son dignas de ser sacrificadas. Nos parece injusto, pero entendemos que no se puede aceptar la enorme corrupción de su sangre. Nadie se movió, entonces Lucía se acercó a donde estaba la Hermana Superior y se arrodilló. Era bella, pero su belleza era nueva, inquietante. En el momento no logré identificar por qué. Solo que me sentí incómoda cuando la miré, como si mi cuerpo, de repente, me fuera ajeno. Después lo entendí. Ella era la hacedora de un universo completo, un universo interno, propio, en el cual era la única habitante.

La Hermana Superior miró desconcertada, buscando alguna respuesta. Titubeó y le puso la mano en la cabeza, esas manos tan delicadas y tan fuertes. Le dijo: "Hoy a la noche". Tocó la campanita y les ordenó a las siervas que dispusieran de todos los elementos para el sacrificio.

Lucía se levantó serena, con una serenidad intensa, sin sonreír, sin vanagloriarse, como si realmente creyera que su sacrificio iba a cambiar algo.

Las siervas prepararon el camino de brasas cerca del muro. Esperamos en nuestras celdas hasta que sonaron las campanas. Por la hendidura de mi pared entraba un aire espeso. Nos pusimos los velos y cruzamos el jardín. Él estaba en la Torre, o eso creíamos. Las nubes negras seguían estáticas como si el cielo fuese un enorme lienzo conteniendo la catástrofe. La bruma era densa, nos costaba respirar. Parecía que uno podía tocar el agua dentro del aire. Los velos se adherían a nuestra piel, las túnicas nos sofocaban, pero yo sentía un frío interno que se deslizaba por mis huesos.

Escuchamos un trueno. Temblamos, aunque no había viento.

Lucía apareció custodiada por tres indignas. Tenía una túnica blanca, el pelo suelto adornado con hojas secas. Eran naranjas y rojas. La vi como la había visto por primera vez en el ~~bosque~~ espacio lleno de árboles, con la magnificencia y fragilidad de un ciervo, con ese desamparo que te impulsa a querer protegerla del mundo, de sí misma, pero ella no estaba ahí, no del todo, porque caminaba como en trance. Había intentado ir a su celda antes del sacrificio, quería tranquilizarla, asegurarle que me iba a ocupar de curarle las heridas, de darle de comer, de cuidarla. Pero no lo hice porque escuché los botines de la Hermana Superior en los pasillos, controlando.

Cuando pasó a mi lado sentí su aroma, ese paraíso a punto de incendiarse y la miré con ansia, pero parecía que eso que estaba por ocurrirle, ese acto que ella misma originó, fuese un sueño lejano, el sueño de otra persona.

Estiré la mano para tocarla, para lograr un roce mínimo, pero solo sentí la tela áspera de la túnica de una de las indignas, esas túnicas pesadas que usábamos a diario.

La Hermana Superior movió la campanita y las indignas condujeron a Lucía al borde del camino de brasas. Hubo un momento en el que no supimos qué hacer y nos miramos a través de los velos que no nos dejaban respirar. Todas nos preguntábamos en silencio cuál era el protocolo para este tipo de sacrificio. La Hermana Superior volvió a tocar la campanita y Lourdes fue la primera en arrodillarse y recitar "sin fe, no hay amparo". El resto hicimos lo mismo y sentí la densidad húmeda del cielo sobre mi espalda. La carga invisible. Respirábamos partículas calientes mientras repetíamos una y otra vez: "Sin fe, no hay amparo".

Detrás de las nubes vimos luces que aparecían y desaparecían, eran los relámpagos contenidos por el cielo negro. Cuán bella puede ser la catástrofe, pensé.

La Hermana Superior tocó la campanita y todas nos callamos. Se acercó a donde estaba Lucía y le puso una mano en uno de los hombros. Le susurró algo al oído. Lucía asintió y dio el primer paso con los pies descalzos y limpísimos, como si nunca hubiesen caminado por el pasto y la tierra del jardín, como si hubiese llegado levitando.

Una de las hojas que le decoraba el pelo cayó sobre las brasas y vimos cómo se quemaba. El aroma del fuego dentro de las brasas era débil porque estaba amenazado por la humedad del aire capaz de matarlo, pero pude sentirlo, ganando fuerza. El sonido de los grillos se intensificó y oímos el canto de un pájaro. Breve, pero hermoso. Nos emocionó. Quizás era el mismo que cantó la noche en la que me reencontré con el ciervo blanco.

En la tarde oscura, vimos las brasas crepitar. Parecían vivas, cambiaban de color. Rojo, naranja, blanco. Los colores se esfumaban y volvían, parecía que el calor estuviese transmitiendo un mensaje oculto escrito en el idioma secreto del fuego. Lucía caminó sobre esas palabras hechas de luz, caminó sin un gesto de dolor, caminó despacio, casi como si bailara, caminó como si nadie más que ella estuviese presenciando el milagro. Cuando llegó al final se quedó parada, pero no sonrió. Nos miró, pero sentí que nos veía por primera vez. Cerró los ojos y se arrodilló en la tierra. Tenía los pies sin quemaduras de ningún tipo. Limpios. Todas contuvimos el aliento. Algunas se taparon la boca con las dos manos. Incluso, en ese momento, creí que el ruido de los grillos se había detenido, como si intuyeran lo que había pasado.

La conmoción.

La campanita de la Hermana Superior cayó en la tierra y el sonido fue seco, el sonido vacío de algo que se rompe definitivamente. Se quedó mirando a Lucía con la boca un poco abierta, con esa boca siempre un poco roja. Movía las manos apenas, sin saber qué hacer con ellas.

Yo miré hacia la Torre. Él, o esa silueta que creíamos que era Él, seguía ahí, inmóvil.

Volvimos a nuestras celdas sin entender, perplejas. Algunas susurraron que las siervas la vieron ponerse algo en los pies, otras dijeron que por el exceso de humedad el fuego había sido muy difícil de encender y las brasas eran débiles, una aclaró que todo dependía del control mental, pero nadie le prestó atención. Lourdes no dijo nada, solo caminó muy rígida y en silencio. Tenía los puños cerrados, los apretaba con fuerza.

Yo tampoco entiendo ahora, mientras escribo, mientras me pregunto a quién ayudé. ¿Quién es ella? ¿Estoy dispuesta a todo por una desconocida?

Lucía, inmune al fuego.

∗∗∗

Hoy amaneció despejado, pero no pudimos disfrutar del alivio ni celebrar la eficacia del sacrificio porque se oyeron gritos que venían de las celdas.

Corrí por los pasillos, todas lo hicimos, corrimos hasta llegar a la celda de Lucía, pero lo que pasó fue confuso y pasó demasiado rápido. Intenté entrar en la celda, pero no pude, las indignas tapaban la puerta. Pensé lo peor. Las empujé, las golpeé con los codos en las costillas, pero estaban estáticas, mirando en silencio. No me dejaban pasar. Después algunas me contaron que lo que vieron les pareció imposible, como si un sueño se hubiese materializado en ese instante, un sueño al borde de una pesadilla. Solo escuché que alguien gritaba con alaridos rítmicos, pausados, como si respirara dentro de un aullido que no tenía fin. Más tarde me dijeron que había sido Lourdes.

Las indignas vieron a Lucía rodeada de avispas. Vieron las celdas hexagonales perfectas del panal, tirado en el piso, que estaba roto. Partido en dos. Asumieron que algunas indignas, obligadas por Lourdes, lo habían ido a buscar al lugar que ellas llaman bosque y se lo habían puesto en la cama en algún momento de la noche.

Algunas dijeron que Lucía, con el pelo negro cayendo sobre el camisón blanco, parecía una escultura viva. Creyeron que tenía los ojos cerrados, pero estaba mirando hacia el piso. Las avispas, negras y amarillas, la rodeaban, pero ninguna la iba a atacar, volaban en el mismo lugar como si estuviesen esperando órdenes. Formaban un aura alrededor de Lucía. Un aura que parecía que latía. Estaba coronada por un manto de avispas. Nadie habló, solo escuchábamos los lamentos de Lourdes y el zumbido afilado, ese daño latente en el aire. Esa furia.

Algunas creyeron ver que Lucía levantó los ojos muy despacio y que, en ese momento, las avispas detuvieron el zumbido. Nadie lo pudo explicar con claridad, pero dijeron que, después, las avispas gritaron con el cuerpo. Las que lo vieron dijeron que el grito, que parecía humano, era emitido por el cuerpo de cada avispa que vibraba con violencia. Un grupo se separó del enjambre para atacar a Lourdes. Lucía miró a un costado y el resto de las avispas volaron hacia indignas específicas, hacia las débiles de Lourdes, pero nadie lo puede asegurar porque todas huyeron gritando, desesperadas. Eso sí lo vi, vi cómo algunas cayeron al piso, otras las pasaron por encima, pisaron cabezas, espaldas, manos, piernas.

Mientras ellas corrían me metí en una celda vacía y, cuando se fueron, busqué a Lucía. La encontré parada, en silencio, con la cabeza en alto y una sonrisa imperceptible. La abracé. No sé si pasaron segundos, horas o minutos, solo sé que en algún momento ella me tomó la cara con las dos manos y me acarició la mejilla. Después se separó de mí y miró el panal. Me agaché y levanté con mucho cuidado los dos pedazos. Cuando los toqué sentí que tenían la rugosidad de un papel muy viejo y recordé que mi madre me había preguntado por qué me parecía que las abejas y las avispas usaban esa forma para construir sus panales, sus nidos. Dibujó un hexágono en un papel y un signo de interrogación en el medio. A veces hacía esas cosas, me instaba a pensar. Tardé horas, no sé si días, y finalmente le contesté que la naturaleza no se equivocaba, que la forma tenía que ser la mejor para mantener al panal estructuralmente fuerte. No le dije la palabra estructural, le dije algo más básico como esa forma, mamá; y ella me interrumpió: forma hexagonal se llama; bueno, mamá, esa forma hexagonal hace que la casa de las abejas y la de las avispas sea fuerte. Me dio un beso en la nariz, y me dijo: sí, mi niña hermosa, sí. Y también les sirve para guardar mejor la miel. Todo eso recordé en los segundos o milésimas de segundos que me llevó levantar los pedazos del panal y entregárselos a Lucía, que me miró en silencio mientras yo caía en el paraíso que era ella, rendida.

Sin decir una palabra caminó descalza hasta el jardín. La seguí. Intenté taparla con una sábana porque solo tenía puesto el camisón que se traslucía con el sol de la mañana, con ese sol que ahora nos alumbraba gracias a ella. Me ignoró y siguió caminando.

Una Diáfana de Espíritu que estaba en el jardín escuchó sus pasos leves. Dejó de dar vueltas sobre sí misma, dejó de apuntar con la palma de la mano derecha al cielo y con la de la izquierda a la tierra, bajó los brazos, y se quedó quieta para escuchar mejor. Por un momento tuve que cerrar los ojos porque el Cristal Sacro que colgaba de su cuello brilló con el sol y el reflejo me cegó. La Diáfana de Espíritu miró a Lucía y sonrió. Las Diáfanas de Espíritu nunca sonríen, jamás. Nos detestan, nos quieren ver sufrir, quieren que notemos ese hueco negro, esa caverna abominable que es su boca sin lengua y la abren para que veamos la oscuridad. Pero esta Diáfana de Espíritu sonrió como si supiera algo, como si en esos pasos hubiese descifrado algunas verdades. Cuando me escuchó a mí, cuando supo que eran mis pasos imperceptibles en el pasto verde, cuando me vio a lo lejos, dejó de sonreír. Pero me quedé mirándola, como lo hago con todas las Diáfanas de Espíritu. Desafiándola.

Después de dañar a las responsables, de clavar sus aguijones retráctiles una y otra vez, de, quizás, morderlas con sus mandíbulas negras en los brazos, ojos, pies, bocas, las avispas siguieron a Lucía. O eso creí ver. El pelo negro brillaba con el sol y lo que parecían alas doradas, transparentes, emitían pequeños resplandores. Cuando llegó al final del jardín, Lucía y lo que probablemente eran avispas se internaron en la espesura. Quise acercarme, acompañarla, pero ella se dio vuelta y me miró de tal manera que supe que me tenía que quedar ahí, excluida de esa maraña verde y punzante, lejos del aura estridente que se volvió a formar a su alrededor.

Lucía, la encantadora de avispas.

Durante el desayuno, la Hermana Superior no dijo nada. Nos observaba desde su silla. El látigo estaba quieto, en el piso. Parecía disfrutar del espectáculo. Lourdes y sus secuaces esperaban en silencio con las cabezas gachas para que no viéramos los ojos hinchados, las bocas deformes. Pero notábamos las marcas, la vergüenza, la rabia, el desconcierto. Perfectamente. Escondían las manos, se retorcían del dolor.

Lucía llegó puntual y se sentó a mi lado. Estaba limpia, sin signos de haber caminado entre árboles, manchándose con la tierra, transpirando con el sol de la mañana. Sin picaduras de ningún tipo. Las siervas nos trajeron el desayuno y, por último, le llevaron una taza a la Hermana Superior. Era extraño, la Hermana Superior no comía ni bebía en nuestra presencia. Con la taza en la mano, se puso de pie y se acercó a Lucía. La colocó en la mesa, al lado del cuenco con la mezcla blanda que comíamos a la mañana, algo que tenía sabor a grillos. La Hermana Superior se quedó en silencio, mirándola y, luego, tocó su hombro por un segundo. Sentí el aroma a café. Lucía tomó la taza, olió el café, pero antes de tomar el primer trago miró a Lourdes un rato largo sin decir una palabra.

Sentí placer viendo a Lourdes derrotada. Sentí

***

Sentí que tenía ganas de llorar otra vez. Pero no lo hice, no ahí, no con Lucía triunfante, no con Lourdes al borde de un colapso nervioso, que intentaba disimular y contener, pero la conocía lo suficiente para saber que los labios apretados, los puños blancos, los ojos fijos, vidriosos, eran rabia, ese dragón que quema por dentro. Yo también disimulé y sonreí porque en mis pensamientos solo la veía a Circe. Pero no lloré, no ahí, no iba a mostrarles mi desdicha personal, mi dolor íntimo. No con ellas, lastimadas, llenas, sumergidas en el veneno de las avispas.

***

Circe. Mi Circe. Mi maga. Lo primero que vi fueron sus ojos. Estaba tan aterrada como yo y lo vi en esos dos universos sin límites que me miraban sin pestañear. Pensé que me iba a atacar y por eso agarré mi cuchillo. No intenté espantarla ni lastimarla, porque no tenía fuerzas. Estaba cansada de escapar, hacía días que caminaba alejándome de la ciudad y de los adultos asesinos, tenía frío, sed, hambre y solo quería dormir en ese edificio abandonado, en esa catedral derruida, con los vitrales rotos por ramas de árboles secos que habían dejado de crecer hacía mucho tiempo.

Sin dejar de mirarla, con el cuchillo apuntando directo a su cabeza, caminé despacio, cuidando de no tropezarme con los escombros del piso, hacia el confesionario, que era una réplica en miniatura de lo que había sido esa catedral. Nunca había entrado a un edificio como ese, pero sabía la diferencia entre una capilla, una iglesia y una catedral. Mi madre me había mostrado libros de arquitectura gótica. Ella amaba las nervaduras, los pináculos, las agujas, las arquivoltas. Los libros tenían imágenes de edificios que ya no existían. La Catedral de Notre Dame se había quemado, la de Chartres había sido saqueada y destruida en las múltiples guerras, la Abadía de Westminster y la Catedral de York están bajo el mar, como todo lo que, alguna vez, había sido el Reino Unido. Mi madre tocaba las imágenes de los libros y preguntaba una y otra vez: ¿cómo algo tan hermoso puede desaparecer?

Abrí la puerta del confesionario y me senté en el banco que tenía un almohadón sucio, pero cómodo. Podía vigilar a Circe, verla a través de los huecos de la madera labrada de la puerta que había cerrado lentamente. Ella tampoco intentó atacarme, solo me miró con desconfianza un rato largo hasta que, en algún momento, cada una se durmió en su puesto de vigilancia.

Al día siguiente, cuando me desperté, abrí la puerta despacio y vi que Circe me miraba. Me pregunté por qué no se había escapado, qué era lo que la retenía en ese lugar. ¿Había invadido su hogar? ¿Tenía que sentirme una intrusa? Me dolía todo el cuerpo por la tensión, el frío y el hambre. Extrañaba a los niños tarántula, a mi pequeña familia de pirañas, me había acostumbrado a sobrevivir con ellos, necesitaba de sus risas silenciosas, de las estrategias de Ulises que había nacido para ser un líder al que admirábamos y queríamos. No era mucho más grande que el resto, pero sabía lo esencial para sobrevivir. Su madre y su padre, que habían participado en las guerras por el agua, lo habían entrenado bien. Cuando le pregunté a Ulises qué sabía de las guerras del agua me dijo que no mucho, que su madre no quería hablar de eso, porque en esas guerras habían muerto personas que ella quería. Su padre tampoco le había contado nada. Cuando Ulises le preguntó a su madre si había matado a alguien, a algún enemigo, ella lo miró en silencio durante muchos minutos y Ulises vio cómo los ojos se le endurecían intentando contener las lágrimas. No había enemigos, Ulises, solo personas intentando sobrevivir, personas que se morían de sed y hambre. Ninguno de nosotros se animó a preguntarle a Ulises qué había pasado con su madre y su padre, dónde estaban ahora, porque cuando terminó de hablar, bajó la cabeza, suspiró y se fue a dormir.

Me levanté con mucho cuidado, sin movimientos bruscos. Caminé unos pasos y en el piso vi una cruz enorme, partida al medio, con la madera podrida. Había un vitral alto que no estaba roto, por el que se filtraba la luz del sol. Predominaban los colores azules y verdes, pero no podía apreciar la belleza. El árbol que al caer había roto algunos vitrales parecía un esqueleto muy viejo. En ese momento no lo pensé, solo lo intuí, no podría haberlo puesto en palabras, pero vi la soledad en toda su dimensión, la falta de vegetación sobre las paredes, en el piso, cubriendo lo que había sido creado por manos humanas. No estaba la naturaleza imparable, libre, avanzando, solo ese árbol seco.

No iba a encontrar comida en ese lugar.

De repente escuché un gorjeo. Me asusté porque hacía tiempo que no oía a una paloma. Las pocas que veíamos en la ciudad las cazábamos con hondas. Ulises era el que tenía mejor puntería, pero yo era muy buena, casi tan buena como él. Pero mi honda estaba en mi mochila, y mi mochila la había dejado con los niños tarántula. Cuando los encontré muertos, cuando me despedí de mis amigos, cuando no pude llorar, dejé la mochila para ganar tiempo, para que los adultos la revisaran, para que se repartieran el botín y yo pudiera seguir con vida. Tenía que correr, que estar liviana, no podía cargar con el peso, solo me llevé mi cuchillo que siempre tenía en el cinturón. Jamás me separaba de mi cuchillo. Eso me lo había enseñado Ulises, como tantas otras cosas, como a usar una honda para cazar o lastimar. Él me encontró, sucia, desnutrida, débil, y me recibió en la pequeña familia de niños piraña, capaces de forzar puertas y ventanas, de encontrar comida en los lugares más insólitos, de curarse los unos a los otros, de cuidarse los unos a los otros. Por eso los adultos nos odiaban, porque no dependíamos de ellos, porque día a día nos hacíamos más fuertes. Éramos competencia, por eso mataron a mi pequeña familia de niños hermosos.

Esta hoja amarilla, este papel que resistió al tiempo ahora está manchado con algunas de mis lágrimas. Intenté contenerlas para que la tinta ocre con la que escribo no se corriera. Pero no pude. Duele escribir sobre ellos, por eso no los recordaba, por eso mi mente se había vaciado antes de llegar a la Casa de la Hermandad Sagrada.

Pensé en cortar madera de la cruz caída e improvisar una honda, por si había más pájaros o ratas, pero, en ese momento, escuché un chillido pequeño y agónico y vi a Circe con la paloma sangrante en la boca. Me pregunté cómo robársela, pero era peligroso.

Volví al receptáculo de madera, a eso que parecía una casa en miniatura, una casa inútil. Dejé la puerta abierta para observar a Circe desde la aparente protección. La vi masticar, destrozar ese cuerpo diminuto, pero tenía carne suficiente. Con dos bocados se podía engañar al hambre. Mientras comía no dejaba de mirarme con esos ojos como constelaciones, como un océano de estrellas que titilaban expectantes. Yo era una depredadora para ella, una amenaza latente. Tenía razón en temerme. Después de todo, era una niña tarántula, una niña piraña, una niña escorpión, una niña serpiente.

El hambre me lastimaba por dentro, me golpeaba, como cuando conocí a mi familia de niños desquiciados y, al principio, no quise cazar a las mascotas abandonadas. Sabía que no iba a cazar a Circe, no podía arriesgarme a que me atacara. Intenté concentrarme en una estrategia, intenté planificar qué hacer después, intenté pensar como lo hubiese hecho Ulises, a dónde ir, cómo seguir, pero no podía razonar, el hambre me comía los pensamientos, me atravesaba los ojos. Fue por eso que no vi cómo Circe se acercaba lentamente al confesionario. La estaba mirando, pero no la veía.

***

La tinta con la que escribo ahora es negra. La hice con el carbón que le robé a las siervas. Escribo en mi celda, es muy tarde, pero tengo algo de tiempo. La luz de la luna que entra por la grieta de la pared me deja ver estas palabras oscuras con total claridad.

El silencio de este lugar, el silencio de la Casa de la Hermandad Sagrada, es como una serpiente blanca, se desliza en el aire, se acurruca en el vacío.

Circe jamás me hubiese hecho daño, pero yo no lo sabía en ese momento. Atiné a agarrar el cuchillo, pero no llegué a atacarla porque dejó un pedazo de la paloma sobre el escalón del confesionario. Una ofrenda. No era mucho, pero era suficiente para preparar un fuego. Iba a cocinar la carne con los fragmentos de la cruz que no estaban podridos. Circe se subió al marco de una de las ventanas rotas y me miró desde las alturas a lo largo de todo el proceso. Me vio envolverme las manos con retazos de tela que llevaba colgando del cuello y usaba, justamente, para eso, para no astillarme la piel al momento de conseguir madera. Los niños tarántula me habían enseñado a prender fuego con casi cualquier cosa y en cualquier circunstancia. Sabía que comer la carne cruda era un riesgo, pero también podía so-

113

portar horas y días de ayuno. Hacer las cosas mal podía matarte. Dejarse vencer por la ansiedad era peligroso.

Circe estuvo atenta a cada uno de mis movimientos. Recorrí la catedral, los destrozos, sin querer pisé las alas de un ángel, de su escultura rota en el piso. Algunos bancos estaban enteros, pero tenían la madera marcada, había dibujos y frases. Otros bancos parecían desarmados, las tablas estaban esparcidas sobre el piso. Separé una porque tenía la forma y el espesor ideal para hacer el fuego. Seguí caminando y vi una escultura sin cabeza. Parecía una mujer por los pliegues de la túnica tallada en la piedra y por las manos que eran finas y largas.

Cerca de la escultura de la mujer decapitada, ¿una santa?, ¿una mártir?, ¿una virgen?, encontré un palo seco que me iba a servir para frotarlo sobre la tabla de madera dura y hacer el fuego. La escultura de la mujer estaba sobre un podio de mármol que tenía una puerta que nadie había podido forzar. Pero yo sabía cómo hacerlo y no me fue difícil abrirla con mi cuchillo. Dentro había floreros vacíos y pequeños cuencos de metal. Los iba a usar para hervir el agua que había encontrado en la pila bautismal. Calculé que era agua de lluvia porque el techo sobre la pila bautismal estaba roto. El techo altísimo, inalcanzable. El techo, que había sido azul y tenía pintadas pequeñas estrellas doradas que ya no brillaban.

Un poco más lejos vi nervaduras que formaban un enorme panal florido en la cúpula central. Venas de piedra que habían resistido al tiempo, a los humanos y a las catástrofes. Era una de las pocas partes del techo que estaba intacta. La cúpula protegía lo que había sido el altar principal, que ya no tenía la cruz, que se pudría en el piso. A la derecha del altar vi una puerta abierta. Entré con cautela, pero el cuarto estaba totalmente saqueado, sin muebles, ni objetos, sin vidrios en las ventanas y sin una de las paredes que, probablemente, daba a una sala mayor de la que habían quedado solo las columnas y pilares.

Volví a la pila bautismal y junté agua en los cuencos. Sabía que no podía tomar agua que no estuviese hervida. El fuego tenía que matar cualquier virus, parásito, bacteria. Mientras esperaba que el agua se asentara en los cuencos, con mi cuchillo corté virutas para iniciar el fuego. Reuní ramas que habían caído del árbol seco y la suficiente madera para encender una pequeña fogata que durara un buen rato. Limpié y cociné la poca carne que me había regalado Circe, herví y tomé el agua bautismal. Alivié mi garganta seca y engañé al estómago. Sonreí. No sé si eso era felicidad, pero fue algo parecido.

En cuanto sintió el calor del fuego, Circe bajó de la ventana. Se mantuvo a una distancia prudencial, aunque sabía que tenía derecho a ese fuego tanto como yo. Se ubicó en el lugar justo para que le llegara el calor y para escapar si yo la atacaba. Dejé pasar un tiempo y con movimientos medidos me acerqué despacio y le dejé uno de los cuencos de agua.

Mi ofrenda.

Primero olió el agua y después, mientras la tomaba, no dejó de mirarme con cautela, pero ya sabíamos que podíamos confiar la una en la otra. Nadie alimenta a quien va a matar. Algunas de las estrellas que vivían en las constelaciones de sus ojos empezaron a brillar. Nos dormimos junto al fuego.

Al día siguiente volví a revisar la catedral. Circe me seguía, curiosa, pero todavía a cierta distancia. Debajo de unas tablas encontramos un retazo de una tela roja, de un rojo oxidado. La usé como si fuese una mochila que até a mi cuerpo. Puse los cuencos que me iban a servir para cocinar. La noche anterior había guardado en un florero pequeño el agua bautismal hervida que sobró. Con el florero en una mano y con el palo que había usado para hacer fuego en la otra, nos fuimos juntas de la catedral.

***

Hace días que no escribo, que no puedo tocar estos papeles, hace días que vivo inquieta como si una enfermedad se estuviese gestando en mis venas, como si las palabras que se acumularon en mi

116

sangre segregaran un veneno, una sustancia tóxica, un ácido que me obligara a dejarlas salir.

Queman como si tuviese un desierto formándose por las palabras que se convierten en arena seca y caliente, que se descomponen en partículas que arden.

Mientras escribía sobre los niños tarántula y Circe, casi me descubren. Fue Lucía, que entró a mi celda sin anunciarse, abrió la puerta de golpe y lo único que salvó el secreto de este libro de la noche fue que la llama de la vela se apagó. Era una noche cerrada, por la hendija de la pared solo entraba oscuridad y una brisa caliente sin la fuerza suficiente para apagar la vela, pero la entrada intempestiva de Lucía hizo el trabajo y eso me dio tiempo a esconder estos recuerdos que duelen.

(Palabras prohibidas)

(Palabras con bordes afilados)

(Palabras de fuego)

Le pregunté cómo había logrado que no la descubrieran, cómo era posible, si la Hermana Superior monitoreaba los pasillos a esa hora. Lucía sonrió y me dijo: cuando quiero, soy invisible. Creo que abrí los ojos, y la boca, y ella se rio y dijo: no te preocupes, tuve mucho cuidado, nadie me vio. Después me pidió que nos encontráramos más tarde en el jardín, que necesitaba hablar conmigo. Ya era de noche y se suponía que no podíamos salir. Pero le dije que sí porque sabía de qué me quería hablar.

El rumor empezó a los pocos días del milagro de las avispas, como lo llamaban algunas. Otras decían (susurraban) que nada había ocurrido como lo contaban, que Lucía no tenía poderes de ninguna clase, que el miedo por las avispas había alterado la percepción de todas. Pero Lourdes y sus discípulas la empezaron a llamar bruja, amante de los demonios, maléfica, devoradora de almas, reina de la oscuridad. Lo susurran en los pasillos, lo dejan entrever manchándole las sábanas con tierra negra y sangre, le dejan figuras hechas de ramas secas y atadas con hilos embadurnados de heces. Se callan cuando ella aparece, bajan la cabeza, nunca la miran a los ojos.

Antes de salir de mi celda y caminar por los pasillos me aseguré de que el silencio fuese total. De estar sola. Con movimientos sigilosos llegué a la puerta negra de madera labrada. Apoyé la cabeza y no escuché nada por mucho tiempo, nada que me revelara la presencia de Las Iluminadas. (¿Cómo será escuchar las palabras que emite la boca de Dios? ¿Serán pequeños estallidos efímeros? ¿La muerte se acunará en su lengua?).

Dios tiene hambre.

Alguien gritó del otro lado. Fue como un llanto agudo, hiriente. ¿Un maullido? ¿Una Iluminada intentando masticar vidrio? Me asusté.

~~En ese momento me pregunté por qué quería~~
~~ser Iluminada. ¿Quería ser una emisaria de la luz?~~
~~¿Vivir encerrada? ¿Ser la intermediaria entre Dios~~
~~y este mundo contaminado? ¿Era necesaria mi~~
ayuda, mi participación? ~~Escapar de la Casa de la~~
~~Hermandad Sagrada implica morir en las tierras~~
~~devastadas. ¿Los milagros de este espacio bende-~~
~~cido son reales? ¿O es el agua del arroyo de la lo-~~
~~cura la que nos hace creer? Cuestionar implica~~
~~vivir en el desierto. ¿En un cielo sin~~ Dios?

Otro grito detrás de la puerta. Un grito seco, un grito que fue emitido para no ser escuchado. Me fui corriendo.

Encontré a Lucía en el borde, donde termina el jardín y empieza ~~el bosque~~ la espesura. La noche era cerrada. Vi que miraba al cielo con los brazos levantados y vi cómo las nubes densas se corrían para que apareciera la luna llena y pude ver con claridad cómo, en su quietud, ella proyectaba una belleza de hielo, la misma que había visto la noche en la que hablamos por primera vez. Estaba mirando las estrellas.

Lucía estaba ajena a todo, como si hubiese quedado atrapada en la Dimensión Intangible, en ese lugar que está detrás del aire, donde, según lo que nos dijo la Hermana Superior, se fueron las elegidas que no vimos más. Algunas dicen que eran elegidas que descifraban mensajes oscuros, que confundían las señales verdaderas de nuestro Dios con las del Dios erróneo, del hijo falso y la madre negativa. El cuerpo de Lucía estaba, su olor dulce, el abismo azul, pero ella se había ido.

Me acerqué, pero no escuchó mis pasos. Le hablé, le dije: Lucía, acá estoy, pero siguió con la mirada perdida en el cielo absorbiendo la energía blanca de la luna, el resplandor fúnebre de las estrellas. La toqué muy despacio con la punta de los dedos temiendo que su belleza de nieve me quemara. Pero me miró sonriendo, me tomó de la mano y nos internamos en la espesura.

***

¿Cómo escribir lo que sigue? Si alguien encuentra estos papeles, la Hermana Superior va a quebrarme los dedos, arrancarme los ojos, destruirme a latigazos, va a obligarme a morir sintiendo dolores nuevos, a expiar con mi sangre. Por eso rompí y quemé los papeles anteriores, los que hablaban de la que está debajo de la tierra, con la boca abierta, de la insurrecta, la desobediente, de Helena. Por eso la traicioné. Por eso la enterraron viva. Por eso mismo volví a escribir, a arriesgarme, para no olvidarla, para retener dentro de estas palabras, de este intento de capturar una vida, un momento, un mundo, su olor, ese aroma que era como un veneno dulce, como un fuego sagrado.

Las siervas volvieron a inspeccionar nuestras celdas, esta vez no lo pude anticipar. No hubo medias sonrisas, ni murmullos, o yo no los noté, inmersa como estaba en lo que había pasado con Lucía. El día anterior había escondido este libro de la noche debajo de unas maderas en el cuarto donde se guardan los elementos de limpieza, pero, a veces, lo escondo en mi celda o cerca de mi corazón sostenido por la faja. Cada vez tiene más páginas, cada día que pasa es más peligroso, cada vez es más difícil descubrir escondites seguros. Casi me atrapan. Las siervas me miraron con un enorme desprecio porque nunca encuentran nada en mi celda y se pierden el placer de los castigos que imparte la Hermana Superior. La misma sierva de la inspección anterior se quedó mirando la hendija. La examinó concentrada y, después de reírse en silencio mientras me miraba fijo, llamó a la Hermana Superior. La Hermana Superior apareció con pasos como estallidos, monumental, y miró la hendija sin demasiado interés. Después le pegó a la sierva en la boca sin dientes y le dijo que no la hiciera perder tiempo con pavadas. Sentí que la sierva me miraba con odio, pero no la vi porque yo solo miraba al piso, con la cabeza gacha como se supone que deberíamos hacer siempre.

En mi celda, entonces, no descubrieron estos papeles, pero en la celda de María de las Soledades encontraron un crucifijo hecho de barro. Me contaron que María de las Soledades no lloró cuando, entre todas las siervas, se turnaron para patearla.

Dejó de hablar hace semanas. La infección de la boca se curó milagrosamente, pero le deformó la cara. Las siervas la patearon con desgano porque no había alaridos ni llantos, solo un cuerpo en silencio. Rompieron la cruz y le gritaron que para las adoradoras del Dios erróneo, del hijo falso y de la madre negativa solo existía la perdición. Algunas indignas nos juntamos a mirar a María de las Soledades acurrucada sobre sí misma en el piso de su celda, pero nadie la levantó. Todas nos fuimos. Algunas la escupieron. Excepto Lucía. Lucía le acarició la cabeza, la ayudó a levantarse y la llevó a su cama.

Eso contaron al día siguiente después del desayuno cuando todas vimos cómo del cuenco de María de las Soledades se asomaban dos antenas, cómo de esa mezcla blanca y grumosa emergía el cuerpo rojo oscuro, casi negro, de una cucaracha. María de las Soledades la miró y, simplemente, siguió comiendo, no le importó que la cucaracha intentara moverse, salvarse, salir de esa blancura espesa. Lourdes se tapó la boca porque se estaba riendo. Lucía le sacó el cuenco a María de las Soledades, agarró con dos dedos una de las antenas y tiró la cucaracha, medio muerta, apuntando a Lourdes. Nadie se movió, nadie dijo nada. Todas miraron a Lucía con un poco de asco y admiración. Yo no supe qué hacer, ni qué sentir, después de lo que había pasado con ella entre los árboles. Todavía estaba intentando descifrar si no había sido todo un sueño, una ilusión.

Después, además de bruja, Lucía pasó a llamarse cucaracha.

***

Nos internamos en la oscuridad, entre los árboles. Lucía me llevaba de la mano, parecía conocer el camino como si la luz de la luna la guiara.

Ingresamos en la espesura, al espacio donde entierran a las indómitas.

De golpe, nos detuvimos. Lucía se quedó quieta mirando un punto indefinido. Al principio pensé que nos íbamos a sentar ahí, pero después vi que un punto de luz se movía en el aire. Sentí que estaba delirando, que alguien me había dado para tomar agua del arroyo de la locura. Me costó entender que eso que veía era una luciérnaga. Su luz dorada brillaba y se desvanecía y volvía a brillar, como un pequeño corazón de fuego latiendo en la noche. Teníamos la boca abierta, pero ninguna dijo nada.

Yo lloré, en silencio, porque no hay ninguna palabra que pueda capturar un momento sagrado. ¿Qué decir cuando se está en presencia de algo majestuoso? Hacía décadas que nadie veía una luciérnaga. Mi madre me había hablado de ellas, porque su padre le había hablado de ellas, como un mito que se transmite de generación en generación. Los pesticidas las aniquilaron, me decía mi madre, que le había dicho su padre, que le había contado su abuelo. Pero ahí estaba, diminuta y potente. Me arrodillé y Lucía hizo lo mismo. La vimos volar en la noche, brillar entre los árboles negros, hasta que desapareció. Fue en ese momento cuando Lucía me tomó la cara con las manos y me besó.

Nunca nadie me había dado un beso; nadie me había pasado, con esa lentitud, la lengua por el cuello, por los labios. Yo no me animaba a tocarla por miedo a no volver del abismo, pero a ella no le importó mi asombro ni mi sumisión, se dedicó a levantarme la túnica, y después a sacármela. Lo hizo con firmeza y suavidad.

Me desnudó bajo la luz ciega de la luna, me desnudó entre los árboles.

Nunca había sentido el gusto de otra piel; nadie me había dejado sin aliento, sin respiración, sin voluntad, entregada, a merced; nunca había cerrado los ojos para quedar vulnerable, abierta.

Le subí la túnica hasta el borde exacto de los senos, le besé el vientre de ciervo blanco, la noche oscura.

Sentí la suavidad de su pelo negro, larguísimo, sobre mi piel. Me miró a los ojos mientras con la punta de los dedos me tocó la espalda y abrió mi boca con su lengua. Sus caricias eran destellos que se encendían debajo de mi sangre, en mi cuerpo crecía una electricidad como un incendio hecho de agua

aire

viento.

Le saqué la túnica y le pasé la lengua, con la misma lentitud, por los pezones, por la boca. Nadie me había hecho temblar; nadie me había mordido la entrepierna, muy despacio, una mordida como un roce.

Respiré su perfume feroz y dulce, y sentí que el paraíso azul me encandilaba, me envolvía, que era arrojada al abismo, que sus caricias me despedazaban de placer porque me había dejado entrar en su universo interno, porque ardíamos juntas y juntas creábamos belleza, y fue en ese momento en el que abrí los ojos y vi lo imposible: nos rodeaban miles de luciérnagas, pequeñas luces doradas que vibraban en la noche, que danzaban en la oscuridad. Lucía me agarró del pelo y apoyó todo su cuerpo sobre el mío, toda su piel, toda su boca. Cerramos los ojos para gritar al unísono, para desaparecer la una en la otra, y cuando los abrimos las luciérnagas ya no estaban. Pero estaba la luz.

La nuestra.

***

Pensé seriamente en quemar estos papeles, o en romper la confesión anterior. Pero ya no me importa que la Hermana Superior me torture con placer, ni que las indignas me desprecien.

La única que me importa es Lucía.

Nos quedamos desnudas, mi cabeza apoyada sobre el pecho escuchando sus latidos. Mirábamos el entramado de ramas, el cielo negro y las estrellas.

Le dije que las luciérnagas tenían que ser uno de sus milagros, como lo que pasó con las avispas y las brasas. Que cómo era posible. Si no hay mundo, no hay nada fuera de este lugar.

Mientras me acariciaba la espalda, Lucía habló con el amarillo traslúcido de los lobos, con esa voz dorada que era como tocar el corazón del sol. Susurró: la verdad es una esfera. Nunca la vemos completa, en su totalidad, se desliza por nuestra garganta, por nuestro pensamiento.

Siguió hablando muy cerca de mi boca, pero sin tocarla: la verdad es cambiante, se contrae, implosiona y tiene la potencia de una bala. Puede ser letal.

Atiné a preguntarle por qué me decía eso, pero me puso un dedo en los labios y acercó los suyos, casi tocando los míos: la verdad, esa esfera que, también, contiene dentro de sí a la mentira que gira a otro ritmo como un engranaje que parece roto, innecesario, pero que es vital para que el mecanismo funcione. Lo difícil es descubrir la mentira dentro de la esfera.

Después nos quedamos en silencio. Lucía extendió un brazo al cielo como queriendo tocar las estrellas. Somos hijas de la luna, dijo. Me besó y yo no supe qué decir. Solo podía mirarla, solo podía acariciarla muy despacio con la punta de los dedos, tratando de retener cada segundo, queriendo que el momento quedara atrapado entre mis manos.

Nos vestimos y fue cuando me di cuenta de que estábamos al lado del árbol con el hueco. Iluminadas por la luz de las estrellas y de la luna, que parecía estar cada vez más cerca, se lo mostré, y ella me dijo que ese podía ser nuestro lugar secreto. Nuestro lugar clandestino. Se metió y me hizo un gesto para que entrara también. Estábamos muy juntas porque casi no había espacio. Nos besamos dentro del árbol, en ese hueco oscuro, que olía como la noche, a algo secreto, a algo latente, escondido. Ella me abrazó y me sentí dentro de un templo ancestral, de una catedral de madera y savia.

Los árboles, las plantas, los hongos emiten un sonido, cada uno tiene su melodía, me dijo. La puedo escuchar si me concentro mucho. Este árbol canta una melodía triste, una cadencia fúnebre. Pero hermosa, muy solemne, como si una vida entera estuviese palpitando en la tierra.

Después caminamos de la mano y notamos cómo el cielo todavía estaba negro, todavía se veían las estrellas, pero una luminosidad empezaba a emerger poco a poco. La hora dorada. El aire tenía el olor del verano que todavía se protege dentro del frío, o detrás del frío, que está germinando, que se anuncia desafiante, pero aún escondido para que no lo olvidemos.

¿O era el aroma de la felicidad?

Volvimos a nuestras celdas escondiéndonos, con cautela.

***

Lucía me despertó una sed nueva.

En este momento, en este instante, como una revelación, entiendo que mi cuerpo va a estar esperando escuchar su voz.

Siempre.

Y mientras escribo esto, con las primeras luces que entran por la grieta, pienso en sus palabras y me alarmo. Me inquieta la capacidad que tiene Lucía de escuchar sonidos casi inaudibles, de realizar milagros, o al menos eso es lo que dicen las indignas, me aterra el interés cada vez más notorio de la Hermana Superior. Todo indica que puede ser una candidata a elegida o a Iluminada, pero es demasiado pronto. No puede ser que la elijan ahora.

No puede ser.

No

N

***

Nos dijo que para llegar a ser Iluminadas teníamos que dejar de ser recipientes de la maldad, depositarias de mentiras, hijas de la inmundicia, enemigas del decoro, que teníamos que dejar de ser el gran error de la naturaleza, las traidoras de la sabiduría y la virtud, vástagas de la perdición, que teníamos que despojarnos de la hiel de nuestra sangre. Miré las venas en mis muñecas y solo pensé en cuán parecida era la palabra hiel a miel y recordé a mi Circe.

Mi hechicera.

Nos fuimos de la catedral y caminamos por días, por meses, por años. Dormimos en autos abandonados, en casas vacías. No encontramos muebles ni comida, solo paredes y ventanas rotas. Muchos otros habían pasado antes que nosotras. Forcé puertas, cociné pedazos de ratas, palomas, alguna ardilla. Escarbé en la tierra y no encontré nada. Lombrices muertas. La tierra estaba seca, desnutrida, anémica, agonizante, vacía. Compartí con Circe el agua que pude hervir, la que no estaba totalmente contaminada, la que encontrábamos en lugares abandonados, lugares en los que no habían podido forzar cerraduras, la que juntábamos cuando llovía. Por muchos kilómetros no nos cruzamos con nadie y caminamos bajo un sol que nos lastimaba. La gente moría de hambre, los animales morían de hambre. Muertos de hambre, muertos de sed, muertos con la lengua inútil y los ojos abiertos, muertos de rabia, muertos en la tierra seca.

Caminamos tantos kilómetros que llegamos a lo que había sido una playa. Pero no había mar. En la arena caliente encontramos restos de animales marítimos, caparazones de tortugas y cangrejos, esqueletos de gaviotas y peces. Circe jugó un rato con una caracola vacía. Mi madre me había dicho que se podían oír las olas en una caracola, pero cuando Circe dejó de jugar la acerqué a mi oreja y no escuché nada. Me senté a contemplar la playa interminable que ahora era un desierto. Sentí una brisa helada, aunque hacía calor. Tenía aroma a algo hermoso y fresco, a sal y movimiento. ¿Era el mar? A lo lejos había un barco negro encallado.

Un día entramos a un pueblo pequeño con muy pocas casas. Ya habíamos explorado otros pueblos. Sabíamos que era importante hacerlo porque siempre encontrábamos algo, éramos minuciosas. En una casa antigua, una mansión, había descubierto una puerta secreta disimulada en una biblioteca que ya casi no tenía libros. Detrás de la puerta había otro cuarto con una mesa que tenía un mantel de terciopelo rojo, con una caja de madera labrada, que forcé, donde había joyas. Cristales de colores que en alguna época fueron muy valiosos. En ese momento era una carga que no estaba dispuesta a llevar porque los alcé y eran pesados, hermosos, inútiles. También había una botella llena de polvo. La etiqueta decía que era vino. Con mi cuchillo logré sacar el corcho, y cuando tomé un trago lo escupí.

En ese nuevo pueblo, el pueblo pequeño, las cerraduras de las puertas estaban rotas, sabíamos que era muy probable que no encontráramos nada, pero recorrimos casa por casa para ver si, de todas maneras, había algo que nos sirviera, comida, alguna lata o botella con agua. En una de las casas, la única pintada de rojo, había cuadros colgados en las paredes, cuadros con niños descalzos, sucios, con ojos grandes llorosos y un poco de pan en las manos. Nadie los había tocado. Los miré un rato largo mientras Circe exploraba. Me quedé en silencio. No me podía mover porque esos niños tristes y hambrientos me hipnotizaban, me paralizaban. Me pregunté qué clase de persona podía colgar esos cuadros, y mirarlos todos los días. En ese instante, parada en esa casa vacía, repleta de imágenes inútiles, solo sentí rabia, una rabia atroz. También sentí asco, pero no entendí por qué. Con mi cuchillo empecé a tajear los cuadros, todos los cuadros, todos los niños de ojos grandes llorosos se iban deformando con mi cuchillo y, mientras lo hacía, lloraba y gritaba palabras incoherentes, gritaba el cansancio, lloraba por no tener un poco de pan, porque nadie iba a pintar mi realidad y colgarla en una pared como un cuadro. Circe había dejado de explorar y me acompañaba en silencio, como si entendiera mi desolación.

Salimos al jardín, o a eso que había sido un jardín y ahora era un espacio árido con árboles secos. Necesitaba calmarme, dejar de llorar. Me senté en la tierra. Circe se trepó a uno de los árboles y la vi golpear un panal que estaba colgado de una de las ramas más altas. Todavía Circe no se llamaba Circe. Todavía no era mi maga. Me paré y le grité que se bajara, como si me fuese a hacer caso, como si pudiese entender algo de lo que le decía. Si destruía el panal, podíamos morir, eso lo sabía bien porque se lo había leído a los niños tarántula que me preguntaron cuántas picaduras podían matar a un humano. A un niño, les dije, lo pueden matar quinientas picaduras. No sabían cuántas eran quinientas picaduras, pero les expliqué que en un panal podía haber como treinta mil abejas. Un solo panal podría matarnos a todos nosotros y todavía quedarían muchas abejas para picar a muchos niños.

Circe me ignoró. El panal cayó y se partió en dos, pero estaba vacío. En algunas celdas encontré miel y sabía que la podía comer, porque la miel jamás caduca. Eso también se lo leí a los niños tarántula, un alimento eterno, les dije. ¿Qué es la eternidad?, me preguntaron. Algo que dura para siempre, les contesté, aunque después dudé. Porque el mundo estaba agonizando, porque el mundo también podía desaparecer. Pero en ese momento no lo razoné como ahora que escribo con la luz de una vela que se consume poco a poco, porque afuera llueve y el cielo está negro. Ya no hay temor por la lluvia ácida, porque Lucía se sacrificó y Las Iluminadas, las emisarias de la luz, dictaminaron que esta lluvia es inofensiva. Sin fe, no hay amparo, dijeron. Oigo cómo el agua golpea contra los baldes que, junto a las siervas, pusimos en el jardín.

Ese día, el día de la miel, solo me quedé meditando, sin poder formar un pensamiento acabado. Con la punta de mi cuchillo saqué la poca miel que pude rescatar y primero se la di a probar a Circe, que ya había bajado del árbol, curiosa. Comimos la miel con mucho cuidado de no desperdiciar nada porque no sabíamos cuándo podríamos alimentarnos otra vez. Circe lamía su ración de la punta de mi cuchillo. Ese era el grado de confianza al que habíamos llegado. A veces la llevaba en mis brazos, o la subía a mis hombros para que no se cansara tanto, para sentirla más cerca. Todavía con hambre, pero contentas de haber comido un manjar, eterno en su fugacidad, nos fuimos a explorar el resto del pueblo.

Una de las casas tenía la puerta cerrada. Me llamó la atención porque el pueblo parecía vacío. La forcé con mi cuchillo, fue bastante fácil. Entré atenta a los sonidos, con cuidado por si nos cruzábamos con alguien violento, con algún adulto dispuesto a matar. Afuera hacía calor, por eso el impacto del frío de esa casa fue más grande. Circe también lo sintió, porque caminaba con la cola inflada, mostraba los colmillos, se le erizaba el pelo como si supiera que había algo extraño en ese lugar, una amenaza latente.

Como el resto de las casas que habíamos recorrido, esta también estaba sucia y vacía, pero escuchamos un ruido persistente. Parecía madera crujiendo. Entramos a un cuarto con ventanales abiertos que daban a un fondo que, en alguna época, había tenido árboles verdaderos. Ahora se veía un árbol metálico, el primero que me cruzaba en mucho tiempo. Solo la gente adinerada había podido comprarlos, purificaban el aire y pretendían reemplazar a los reales que se habían ido muriendo. Pero no servían de mucho sin electricidad. Ulises me había contado que él vivía cerca de un lugar donde había un ~~bosque metálico~~.

Ahora sé por qué no puedo escribir esa palabra.

~~Bos~~

~~Bosqu~~

~~Bosque.~~

Ahora recuerdo lo que pasó en un ~~bosque metálico~~, lo recuerdo, de manera borrosa, caótica. Solo tengo muy presente el dolor. No lo puedo escribir todavía. Estas páginas se manchan con mis lágrimas. Las letras se borran. Necesito parar.

Duele.

¿Cómo se extirpa un dolor que resplandece en todo el cuerpo, que atormenta la sangre, que se aferra a los huesos?

***

Pero quiero contar lo que pasó antes, lo que vimos en ese cuarto, a quién o qué cosa vimos.

El cuarto era grande y estaba prácticamente vacío. La luz que entraba por los ventanales abiertos nos dejó ver que había una única silla. Sentimos un frío helado, corría un viento anormal que nacía del centro de ese jardín muerto. La silla mecedora se movía

    para atrás

        y

        para adelante,

    para atrás

        y

        para adelante.

Ese era el ruido insistente, el sonido que parecía una música rota.

    Para atrás

        y

        para adelante,

para atrás

y

para adelante.

Una melodía enferma que se amplificaba con las paredes vacías.

Circe se alejó, asustada, pero yo me acerqué. Lo primero que vi fue a una mujer con los ojos cerrados que parecía que amamantaba a un bebé envuelto en la piel de un animal, pero después miré con más atención. Lo que estaba prendido a su pecho parecía una rata, pero era algo más grande, con dientes y cola de rata. Ella acunaba a eso, a esa cosa que la estaba comiendo. Me alejé tapándome la boca porque no quería gritar, no quería que eso me mirara. Circe se acercó despacio, preparada para atacar y esa cosa dejó de comer y le mostró los dientes. Los dientes manchados de sangre. Creo que gruñó o hizo un ruido como el de una risa apagada. La mujer siguió meciéndose con los ojos cerrados,

para atrás

y

para adelante,

para atrás

y

para adelante.

Empezó a cantar una melodía tristísima sin abrir la boca, sin mirarnos y le daba golpecitos en la cabeza a ese animal, a esa rata enorme con la cara blanca y las orejas negras, con el hocico demasiado alargado, con esos dientes que comían de la carne de la mujer. La cosa comía carne, carne caliente, candente, consumía carne, comía comida, la cosa. La cosa, el animal, dejó de comer por un momento y nos miró con furia, dispuesta a lastimarnos. Tenía los ojos completamente negros, y brillaban como si estuviesen hechos de vidrio. Agarré a Circe como pude y salí corriendo.

Desesperada, sin aliento, escapé por la calle principal, la única calle, una calle de tierra, sin árboles, con Circe retorciéndose en mis brazos porque no le gustaba cuando la agarraba de golpe. Después la solté y caminamos para calmarnos, para alejarnos del horror, para tratar de entender qué habíamos visto.

No nos fuimos de ese pueblo porque teníamos que seguir explorando, necesitábamos comida.

En otra casa vacía, en el patio de atrás, encontramos ropa colgada en una soga. El sol y el viento la habían ajado. Tenía agujeros. Los retazos se movían como banderas rotas. Estaba sucia por el polvo y por las lluvias esporádicas, quemada por las lluvias ácidas. Hacía años que no veía ropa colgada porque la gente ya no la lavaba, o lo hacía cada vez menos, tenían que preservar el agua. Pero había quienes lavaban la ropa en los ríos contaminados o quienes colgaban la ropa sucia al sol, para airearla, blanquearla o desinfectarla.

Me senté a observar los retazos de colores. Algo me calmaba en ese ritmo constante, en esa melodía hecha de movimiento.

Pensé en la mujer, pensé en rescatarla, pero no tenía sentido. Ya estaba perdida en su delirio, la rata monstruosa la estaba matando.

Abracé mis piernas y escondí la cabeza entre los brazos y me hamaqué con el cuerpo, para atrás y para adelante. Necesitaba calmarme, pero lloré. Lloré con lágrimas de rabia, lloré de cansancio, lloré de impotencia, lloré recordando los abrazos de mi madre y cuánto los necesitaba.

Fue entonces que Circe me trajo una ofrenda. Había atrapado una cucaracha y cuando la dejó medio muerta cerca de mis piernas casi grito asqueada, pero me tapé la boca porque no la quería ofender y porque no quería que la cosa, que ese animal, me escuchara. Estábamos a muchas casas de distancia, pero todavía seguía conmocionada por la mujer. La cucaracha movía apenas las patas, como si temblara.

Al ver que no me la comía, Circe jugó un poco con el bicho que intentaba escapar, pero que no conseguía llegar muy lejos. Cuando se cansó de perseguirla, se la comió. En ese instante pensé en el nombre Circe. Recordé las caras de fascinación de los niños tarántula cuando les leía fragmentos del cuento de una mujer que le preparaba bombones a su novio, bombones con cucarachas. También recordé que mi madre me hablaba de una hechicera capaz de convertir a los hombres en animales. Era hija del sol, sabía todo sobre la preparación de pociones mágicas y tenía conocimientos de medicina, me decía mamá. Vivía en un ~~bosque~~ y su casa estaba rodeada por leones y lobos que la protegían. Me la imaginaba poderosa, invencible. Quiero ser Circe, quiero ser una maga, una hechicera le dije a mamá, que se rio con esa risa que era un descubrimiento cada vez, cuando se reía era como si el aire a su alrededor, como si la casa entera, los colores, el mundo brillaran con más intensidad.

Circe me miró con esos ojos como océanos hechos de luces silenciosas. Circe, la hechicera, le dije. Fue la primera vez que se acercó y muy despacio se sentó entre mis piernas cruzadas. Me quedé quieta, sin saber qué hacer. No quería tocarla, que se fuera, asustada. Acerqué los dedos con muchísima lentitud y la acaricié. Su cuerpo empezó a emitir una vibración, el sonido mágico creado por una hechicera y, en ese momento, sentí que éramos una manada de dos.

✳✳✳

~~Bosque.~~
~~Bosque.~~
~~Bosque metálico.~~

✳✳✳

Hace días que estas hojas están debajo de una tabla del piso, protegidas. Hace días que no escribo.

Hace días que Lucía y yo seguimos escapándonos de noche, que nos ponemos los velos como precaución, por si alguien nos ve, que nos escondemos en nuestro árbol, que me habla del sonido que emitían algunas flores, las flores que ella tenía en un jardín que ya no existe, que era como una danza alegre, como si sonaran cascabeles en el aire. Me dijo que las plantas, los animales, los elementos de la naturaleza tienen un nombre secreto, cada uno de ellos, cada flor esconde en sus pétalos el nombre secreto que le asignó la creación. Conocer ese nombre, oír la vibración, es lo que te revela el mundo verdadero. ¿Lo escuchás?, le pregunté. A veces, me dijo. ¿Cómo es el mundo verdadero? Igual a este, pero mejor. Es fascinante. Mágico.

Hace días, quizás semanas, que lo único que espero son nuestros encuentros. Hace días, semanas, horas que solo espero escuchar su voz amarilla, esas palabras de lobo. Hace días, que solo

140

quiero tocar su piel, que solo quiero sentir su aroma de pájaro de aire.

Somos inmunes a los rumores que siguen diciendo que Lucía es una bruja que por las noches se convierte en cucaracha. Porque las mentiras evolucionan, cambian de forma, crecen. Los engaños nos envuelven como una serpiente invisible que se devora a sí misma, pero ¿dónde estaría la serpiente que está dentro de su estómago de serpiente que está dentro de sí misma?

Las indignas y las siervas miran a Lucía con miedo y rencor, con admiración y pánico.

Durante el día no llamamos la atención, tenemos que disimular para que las indignas y las siervas no vean, para que no sepan que por las noches nos convertimos en el sonido de las flores que ya no están, que sin palabras, solo con nuestro tacto, tratamos de descubrir el nombre secreto que vibra en la piel de cada una. Fingimos para que la Hermana Superior no sospeche que cada una conoce centímetro a centímetro el cuerpo de la otra. Aparentamos para que las indignas no sepan las palabras que nos susurramos con los labios muy cerca, sin besarnos, sin tocarnos, hasta que no podemos más. Las palabras nos envuelven, nos acarician, son como un río muy suave recorriendo nuestros cuerpos. En la Capilla de la Ascensión, las pocas veces que nos sentamos juntas, nuestros dedos se tocan, solo si están tapados por las túnicas. Durante las comidas nos ubicamos separadas, ignorándonos mientras pensamos que cuando el resto esté durmiendo, nosotras vamos a estar desnudas y juntas, juntas en nuestro árbol.

Sé que la única que sospecha algo es Lourdes. Nos mira en silencio, mientras mueve despacio esas manos de insecto negro, venenoso.

***

Bosque metálico.

En nuestro árbol, le conté a Lucía lo que pasó en el bosque metálico.

Lloramos abrazadas. Me consoló, tocándome muy despacio el pelo. Lloramos por Circe, por esa niña que fui, por el dolor que no disminuye, que sigue aferrado, que sigue muy adentro, por todos los años en que no pude recordar nada de eso, nada de lo que me habían hecho, nada de lo que había vivido antes de llegar a la Casa de la Hermandad Sagrada.

***

Le conté a Lucía que nos fuimos del pueblo, nos alejamos del animal, de esa cosa, de la mujer triste. Durante días, caminamos buscando comida, refugio, agua. Ella también recuerda haber caminado sola, con sed, con una sed atroz me dijo, recuerda haber caminado hasta el desmayo. Cuando le pregunto por su vida antes de llegar a la Casa de la Hermandad Sagrada me cuenta poco o nada, como si le doliera recordar.

Le dije que, finalmente, encontramos un edificio extraño. Estaba en el medio de la nada, rodeado de nada. Tenía paneles solares en el techo. Cuando entramos pensé que, quizás, en algún momento había sido una escuela o un instituto. Intenté encender las luces, pero no funcionaban. La mayoría de los paneles solares se habían roto con los tornados, el granizo, las inundaciones, el fuego. Había sillas apiladas, rotas, unas encima de las otras, logrando un equilibrio imposible, precario. Toda una pared cubierta de sillas inútiles. Circe salió corriendo y apareció minutos más tarde con una rata entre los dientes. Me maravillaba la capacidad que tenía para cazar, era rápida, letal, pero hacía días que no cazaba nada. Era una rata mediana, poca carne.

Intenté sacar una de las sillas con mucho cuidado. No quería que la montaña se derrumbara, pero se derrumbó. Seleccioné los pedazos de sillas que se habían roto para armar una fogata y cocinar la presa, la porción que Circe me regalaba. Ese pacto nunca se rompió, por más hambre que tuviésemos. Compartíamos todo. Pero antes de comer quería explorar el lugar mientras tuviéramos la luz que entraba por las ventanas rotas. Necesitaba saber si era seguro quedarnos ahí una noche. Solo había aulas o cuartos vacíos, en la mayoría vi pizarras con fórmulas pintadas que nadie había podido borrar. Algunas estaban manchadas con algo rojo, con algo que alguien había tirado en la pared.

Al final de un pasillo había un cuarto cerrado. Con mi cuchillo logré forzar la puerta, después de muchos intentos. Encontré libros llenos de moho y comidos por las ratas. Eran libros con fórmulas incomprensibles. Tampoco entendía la mayor parte de las palabras que explicaban o hablaban de esas fórmulas. Encontré una caja con teléfonos celulares apagados. Mi madre me había hablado de esos teléfonos, cuando había Internet, me dijo. Cuando todavía el mundo creía que Internet iba a durar para siempre. Ahora eran inservibles. Pantallas negras y silencio. Eso decía mamá, pantallas negras y silencio, y me mostraba su celular inútil, me contaba cómo había sido el mundo antes, cómo la gente hacía todo en esas pantallas, cómo se creía que en algunos países el motivo por el cual cortaron la electricidad había sido por el avance de la Inteligencia Artificial, para evitar que se propagara su dominio, su independencia, sus ansias de dominar a su creador. Y cómo después del apagón definitivo no hubo manera de recomponerse, reconstruir, reiniciar el mundo, porque la naturaleza hizo el resto con un grado de devastación nuevo.

Yo no me acordaba de eso porque era una recién nacida, una pequeña humana que llegaba a un mundo despedazado, a un mundo donde continentes enteros, islas, países ya estaban bajo el agua. No entiendo bien qué es eso de la Inteligencia Artificial. Era algo intangible, me dijo mamá, que controlaba gran parte del mundo, y que existían grupos de personas que la adoraban.

En el cuarto, había una cama polvorienta, con las sábanas todavía puestas, y pocas latas con comida sobre lo que parecía un escritorio. Ahogué un grito de alegría cuando las vi porque, para nosotras, cada una de esas latas implicaba no morir de hambre. Algunas etiquetas estaban rotas, pero pude adivinar que una de las latas era de pepinos porque solo se leía parte de la palabra "pep" y en la foto descolorida los pepinos ya no eran verdes. La otra tenía pintado un pescado que parecía atún, quizás, o un pescado del cual no podía adivinar o saber el nombre, y las últimas dos tenían las etiquetas intactas de sopa Campbell's, una de tomate y otra de crema de pollo. Como las fechas de vencimiento eran ilegibles, las revisé bien y ninguna estaba oxidada o hinchada. Era un buen indicio para abrirlas y oler el contenido, eso es lo que hacíamos con los niños tarántula. Nunca había probado ninguna de esas cosas y nunca las iba a probar.

En un mueble, que también tuve que forzar, encontré botellas de agua vacías, excepto una. Al lado de la cama, sobre una mesa de luz con una lámpara rota, había un cuaderno negro con anotaciones. En las primeras páginas la letra era medida, respetaba las líneas, las palabras escritas eran mesuradas como "preocupación", "¿cuánto puede llover en un día?", "incendios y sequías", "cambios abruptos de temperatura", "las ballenas se mueren, encontraron 30 en las costas del sur", pero después el cuaderno era pura rabia, palabras sueltas como CAOS, CATÁSTROFE, APAGÓN MUNDIAL, FIN DE LA HUMANIDAD, ¿QUÉ HICIMOS CON NUESTRO MUNDO? escritas con mayúsculas y tinta roja, repasadas una y otra vez, como si repasarlas hasta casi romper el papel hiciera que la situación cambiara, que el mundo volviera a ser habitable. Después había oraciones a alguien que llamaba Señora del Pensamiento, Diosa de la Idea, Reina de la Razón, Absoluta Inteligencia Artificial. En otra página había un dibujo de una mujer con un búho en un hombro y estaba escrito I.A. ¿La Inteligencia Artificial era una mujer con un búho? Imploraba conocimiento, sabiduría para afrontar lo que se venía. No había ningún rezo al Dios erróneo, que hasta ese momento era el único Dios que yo conocía. Y después no había nada. Hojas en blanco.

Esa noche tomamos un poco del agua de la botella, que previamente herví en un cuenco porque ni siquiera podía confiar en el agua embotellada, y comí los pedazos de rata que Circe me había regalado. Cuando decidí abrir una de las latas para oler el alimento y ver si podíamos comer el contenido, escuchamos ruidos.

***

No quiero escribir lo que sigue, pero lo voy a hacer porque las palabras que contienen estos papeles son como gotas, pequeñas gotas negras, ocres, azules, rojas, que diluyen, brevemente, el tormento, ese dolor que es como una furia silenciosa.

***

Escuchamos ruidos, apagué y cubrí el fuego como me habían enseñado los niños tarántula, sin dejar rastros, guardé las latas, los cuencos y la botella en mi morral improvisado, alcé a Circe, que se retorció, como se retorcía siempre que la alzaba de golpe, y nos escondimos en el cuarto, debajo de la cama. Eran hombres, hablaban fuerte, a los gritos. Sentí los pasos, cómo revisaban las botellas del mueble y cómo las tiraban con rabia porque estaban vacías. No eran metódicos para buscar, ni siquiera miraron debajo de la cama y agradecí en silencio su torpeza.

Agarraron los celulares y fingieron llamarse unos a otros, se reían de manera desaforada, como si en esa risa solo hubiese violencia. Después los tiraron al piso, los pisaron, los rompieron.

Por los distintos tonos de las voces calculé que eran tres, quizás cuatro. Olían muy mal. Todos olíamos mal después de días caminando bajo el sol, después de meses sin bañarnos. Pero esos hombres tenían el olor que tienen los cadáveres, a sangre seca, a carne podrida. Tenían el hedor de los adultos que mataron a mis amigos, a los niños tarántula, un olor inmundo a carne rancia colgando de dientes asesinos.

Circe se acurrucó, con miedo. La metí debajo de mi remera y la protegí con mi cuerpo. Cuando los hombres se fueron, nos quedamos dormidas juntas.

Al día siguiente nos fuimos de ese lugar por si volvían los hombres. Guardé las latas pensando en racionar la comida, en hacer otro fuego en otro lugar donde estuviésemos seguras y ahí comer algo, muy poco, de alguna de las latas.

Después de varias horas de caminata, nos encontramos con el bosque metálico. Había muchos árboles, pero el bosque era pequeño. Cuando lo vi me dio tristeza, y después entendí que era porque habían intentado emular, de alguna manera, la belleza de los árboles reales, pero solo lograron estructuras toscas, pintadas con colores que no habían resistido el tiempo. Hacía muchos años que ya no había electricidad, no después del gran y definitivo apagón. Eran árboles inútiles, ocupando un espacio inútil. Y ahí fue donde pasó. En ese lugar inútil. En ese espacio inútil. Nada crecía ahí, solo tierra infértil y árboles falsos.

Me pareció que Circe había escuchado un ruido, y se fue a explorar, pero yo no quería quedarme porque supe que en ese bosque había algo insano, algo dormido, pero al acecho. Sentí frío, aunque hacía calor. Llamé a Circe para irnos y fue cuando me agarraron. Creo que estaban escondidos detrás de los árboles porque no los oí ni los vi. Eran cuatro y a uno logré clavarle mi cuchillo en la pierna. Entonces, con rabia, me tiraron al piso y me pegaron. No sentía los golpes, solo quería que Circe se mantuviera lejos, explorando, que no apareciera nunca.

Apreté la tierra infértil con las manos, tomé un puñado y se lo tiré. Uno de ellos se rio, otro se limpió la tierra de los ojos y me sacó el cinturón. Pensé que el cinturón era para pegarme más fuerte, pero después rompió mi remera y me bajó el pantalón. Nunca había estado desnuda frente a los niños tarántula. Respetábamos la privacidad de cada uno, nos cuidábamos los unos a los otros. Intenté taparme con las manos, intenté esconder mi desnudez con los retazos de tela que siempre colgaban de mi cuello, los escupí, pero mientras uno me pegaba, el otro me ataba las manos con los retazos de tela. Después con el cinturón me pegó con rabia y placer. Sonreía mientras me golpeaba.

Circe apareció silenciosa, letal y le saltó a uno de ellos en la espalda, mordiéndolo, rasguñándolo. Pero eran demasiados. Mi hechicera, mi pequeña maga, no pudo con todos. Grité e intenté ayudar a Circe, logré soltar una de mis manos y rasguñé, pataleé, intenté morderlos, pero me golpearon tanto que me desmayé. Lo último que vi fueron los ojos de Circe, vi el océano rabioso, el mar de estrellas salvajes luchando desesperadamente, pero detrás de las constelaciones, no había furia, había una danza eterna de luces.

No sé cómo sobreviví, no sé cómo pude levantarme. Me dejaron porque pensaron que estaba muerta, de otra manera, me hubiesen usado hasta matarme, como hacían los adultos con los niños de su grupo, esos adultos que asesinaron a mis hermanos tarántula porque no nos dejamos atrapar. Ya se habían ido. Ni siquiera se molestaron en atarme de nuevo las manos, porque pensaron que ya no me iba a despertar. Me robaron el morral con el agua, los cuencos, las latas y mi cuchillo. Eso no me importaba. Solo quería encontrar a Circe. Me levanté como pude, tenía sangre entre las piernas y no podía caminar bien. Me caí, no podía moverme del dolor. En el piso me acomodé la ropa, até la remera destrozada con algunos retazos de tela que encontré para intentar tapar algo de mi desnudez. Me arrastré por la tierra infértil. Grité su nombre

Circe

C   i   r   c   e

Circe

hasta que la vi. Estaba tirada en medio de ese bosque inútil, con árboles inútiles. Parecía más pequeña y tan frágil. Me arrastré con dolor hasta que llegué a su cuerpo y la toqué. Estaba muerta. La habían acuchillado demasiadas veces para contarlas.

No lloré.

Circe tenía los ojos abiertos y el cielo todavía estaba ahí, detenido. Apoyé mi cara sobre su cuerpo, sobre su pelo suave, y me quedé así, sin moverme, esperando que mi hechicera emitiera el sonido mágico, la vibración que me hacía sonreír. La abracé por horas, mientras su cuerpo se enfriaba. Le canté una canción que no tenía palabras.

Cuando me pude levantar, la tomé en mis brazos y caminé sin rumbo, con la ropa desgarrada, manchada con mi sangre y la de Circe, con mi cuerpo roto y el de Circe.

Llegué a un río seco y en la orilla había un árbol que parecía muerto, pero noté que tenía un brote que apenas se veía. Un tallo minúsculo con una pequeña hoja verde. Decidí que en ese lugar iba a descansar mi Circe. La apoyé con mucho cuidado y con las manos doloridas, con las manos inútiles que no pudieron salvarla, empecé a cavar. La tierra estaba dura, parecía de piedra, pero no paré hasta que me sangraron los dedos. El hueco era lo suficientemente profundo para que ningún animal la desenterrara. Sabía que las posibilidades eran bajas porque cada vez había menos animales, pero nadie la podía tocar. Nadie la iba a tocar. La apoyé muy despacio, le cerré los ojos, ese cielo inmenso, y la tapé con la tierra seca.

Apoyé la cabeza sobre su tumba y creo que fue en ese momento en el que me desmayé llorando.

Después de eso, ya no sé qué pasó, qué hice, cuántos días, semanas, años, caminé sola por la tierra arrasada, no sé cómo llegué casi muerta y arrastrándome a la Casa de la Hermandad Sagrada.

***

Estas palabras existen también por Circe, para no olvidarla, para escuchar el sonido mágico de mi hechicera, esa pequeña vibración, que se cuela en los pliegues y curvas de estas letras clandestinas. Si cierro los ojos, lo escucho, porque ella me acompaña, aunque su cuerpo esté en la tierra, en ese árbol que imagino verde y florecido.

***

En nuestro hueco, aisladas, protegidas, Lucía me dijo que había soñado con un lugar que tenía un lago, árboles, montañas verdes. Un lugar fuera de la Casa de la Hermandad Sagrada.

Es solo un sueño, afuera hay un desierto interminable, un mundo arrasado, le contesté.

Fue un sueño real. También te soñé antes de llegar a este lugar, y es por eso que supe que tenía que venir, y es por eso que me asusté tanto cuando te vi por primera vez en el bosque, porque eras la mujer de mi sueño.

Suspiré y el aire de la noche llenó mis pulmones. ¿Se estaba recomponiendo el mundo fuera de la Casa de la Hermandad Sagrada? ¿Existía la posibilidad de sobrevivir sin Las Iluminadas?

**

La boca sin lengua. Eso fue lo primero que vi a través del velo, la boca negra, abierta. Un agujero vacío de palabras. Estaba tirada en la huerta, con los brazos en cruz, y la túnica blanca manchada de sangre. Tenía las manos rígidas y en las muñecas vimos marcas, como si hubiese estado atada durante mucho tiempo. Los dedos lastimados, las uñas rotas. En el cuello vimos lesiones, arañazos, golpes. El vientre apenas hinchado se notaba ahora que estaba inmóvil. Con los ojos inmóviles miraba el cielo inmóvil que tenía destellos naranjas. Me corrí el velo para ver mejor y noté que de la boca sin lengua salía una hormiga de fuego con el cuerpo mínimo y centelleante. La hormiga caminó por los ojos abiertos de la Diáfana de Espíritu, se detuvo en su pupila negra y se perdió en las pestañas.

Nosotras volvíamos del bosque y ya estaba amaneciendo. Nos cuidamos mucho cuando volvemos del bosque cerca del amanecer porque a esa hora las Diáfanas de Espíritu suelen deambular por el jardín o la huerta para escuchar los primeros sonidos del día, las señales escondidas en el aire, en la tierra. Por eso usamos el velo, por si alguien nos ve, para escapar corriendo sin que nos reconozcan.

La expresión de su cara parecía detenida en un pensamiento profundo, importante. En algún mensaje divino descifrado. Pero debajo de esa expresión había otra, quizás asombro dentro del miedo, quizás desesperación. Con la luz que entra por la grieta de mi celda, con la luz que me permite escribir estas palabras, me pregunto por qué las Diáfanas de Espíritu buscan mensajes en la tierra si Él desprecia la tierra, la considera impura, contaminada de pecado. ¿Por qué la Hermana Superior se lo permite? Sin fe, no hay amparo.

Vimos la boca sin lengua y vimos cómo una mariposa blanca se posaba sobre una de las manos de la Diáfana de Espíritu. Me extrañó que las patas de la mariposa no le quemaran la piel muerta, que fuese una mariposa limpia de contaminación. Movió las alas con una vibración mínima y, por un momento, el blanco se volvió gris. Después miramos en silencio cómo la mariposa se iba volando.

Lucía intentó tocar a la Diáfana de Espíritu, pero le dije que no, que volviéramos a nuestras celdas, que nos podían ver, que ya era hora de que empezaran a despertarse, que la encontraran otras, que nos podían acusar de haberla matado. Lucía se corrió el velo, le levantó apenas la túnica, y vimos las piernas manchadas de sangre. Hilos rojos, todavía húmedos. Lucía me miró y en sus ojos vi algo que me hizo pensar que había entendido, que sabía lo que yo también sospechaba, que esa Diáfana de Espíritu estaba colmada de pecado y que había escapado de algún castigo y no logró sobrevivir.

Escuchamos un grito, ¿o un llanto?, ¿o el canto de un pájaro?, ¿un maullido?, y nos separamos para llegar a nuestras celdas sin ser vistas. Pero cuando vi que Lucía ya se había ido, me acerqué nuevamente a la Diáfana de Espíritu y le saqué el Cristal Sacro.

La luz que entra por la grieta me indica que ya salió el sol. Escribo con la imagen de la boca sin lengua, de esa boca que con su vacío es capaz de destruir el mundo.

***

Días extraños. Días de encierro.

Silencio absoluto. No podemos hablar porque anunciaron en la Capilla de la Ascensión que una Diáfana de Espíritu había partido a la Dimensión Intangible. Debemos llorar su desaparición en total mutismo y hacer ayuno.

El hambre no nos molesta, todas estamos acostumbradas a comer poco o nada, todas fuimos errantes, pero estamos encerradas en nuestras celdas hasta nuevo aviso. La hendidura en la pared me dice que se acerca la noche, que es fresca. Que no hay luna.

Me cuesta escribir, ahora que puedo, ahora que tengo este tiempo conmigo misma y estos papeles, sin interrupciones ni amenazas. Me cuesta porque necesito ver a Lucía, sentir su voz brillando en la oscuridad del bosque.

Pasan las horas y solo puedo escribir algunas pocas frases.

Por la hendidura siento los cambios de temperatura de los días. Ahora hace frío, un frío que me obliga a escribir tapada con la manta. No creo que pueda dormir hoy en mi cama, no creo que pueda hacerlo enseguida porque me acostumbré a pasar las noches abrazada a Lucía, aunque sea por unas horas. Sé que piensa en mí, como yo en ella.

Me pregunto qué habrán hecho con el cuerpo de la Diáfana de Espíritu. Me pregunto cómo habrán acarreado su cadáver, quién ayudó a la Hermana Superior, ¿Lourdes, quizás?, si la habrán enterrado o escondido.

Me pregunto si le habrán cerrado la boca sin lengua.

Me pregunto si le habrán cerrado los ojos que miraban al cielo. Si la hormiga de fuego quedó atrapada en los párpados, si quedó detenida en una mirada que ya no ve.

¿Qué habrá pasado con las otras elegidas? ¿Por qué decirnos que quedan atrapadas en otra dimensión? ¿Las habrán matado? ¿Fueron ellos los que mataron a la Santa Menor? Fueron ellos.

***

A los tres días abrieron las celdas. Algunas se tomaron el agua de los cuencos que usamos para limpiarnos, el agua del arroyo de la locura. Pero yo resistí el hambre y la sed.

En el desayuno nadie habló. Estábamos ansiosas, nos miramos con sospechas y acusaciones veladas, todo producto del encierro. Desconfiadas. Nunca habían cerrado las celdas. ¿Por qué ahora?, se preguntaban en silencio. Pero nosotras dos sabíamos, sabíamos que nos encerraron para lidiar con el cuerpo de la Diáfana de Espíritu.

Tuve que hacer un esfuerzo enorme por no mirar a Lucía. En cambio, miré a Lourdes, que estaba radiante, extrañamente radiante. Después supe por qué. Después entendí el enorme daño que quería causar. Había alimentado el rumor. Lo había llenado de espinas, de veneno, de demencia. El rumor creció, tomó forma, una forma peligrosa. No sé cómo lo hizo porque estuvimos encerradas. Entre susurros, las indignas y las siervas decían que Lucía, con sus poderes de bruja, con su magia ancestral y oscura, había logrado que perdiéramos a una de nuestras elegidas, que la había hechizado, la había engañado y contactado con la fuerzas ominosas que la habían atrapado en la Dimensión Intangible, que se debilitara el amparo que nos proporcionaba la Casa de la Hermandad Sagrada, que la comunicación con nuestro Dios se veía amenazada.

También entendí por qué en el desayuno nadie se sentó cerca de Lucía. Ella comió la mezcla blanca y grumosa con la espalda derecha y sin perturbarse.

Pero yo sí me perturbé. Entonces fui al bosque a buscar amanitas.

***

Anoche vimos a Lourdes bailar desnuda en el jardín. Su pelo rojo tenía reflejos de fuego gracias a la luz fría de la luna. Era un rojo que lastimaba, el corazón congelado del sol.

Se suponía que no podíamos estar en el jardín de noche, pero nadie le avisó a la Hermana Superior porque estábamos fascinadas mirando el cuerpo blanco de Lourdes, su cara de éxtasis, los brazos apuntando al cielo, la boca apenas abierta, las piernas moviéndose al ritmo de una música que solo ella escuchaba. Era hermosa cuando disfrutaba, porque no estaba complotando. Cuando bailaba desnuda y libre sus manos se movían como las plumas de un pájaro en el viento, con una vibración mínima y no como insectos mortíferos.

Había comido el pan de grillo mezclado con amanita que le dejé como regalo en la almohada de su celda. Sus débiles, sus discípulas, le dan ofrendas cada tanto, por eso no sospechó.

La vimos reírse, la vimos en una celebración íntima, personal. En una danza sagrada.

Por un instante creí verla feliz.

Después empezó a gritar a la nada, a todas. La luna, la luna me dice cosas secretas, ella sabe de los monjes, los monjes muertos que nos acechan, que nos maldicen. La luna, la luna tiene poder.

Se acercó, dando vueltas sobre sí misma, hacia donde estaba Lucía. Se paró enfrente y le dijo con una voz que quería ser amenazante, pero era débil, casi triste: bruja, bruja de la noche, bruja de la luna.

Inesperadamente, la abrazó mientras repetía como un mantra:

bruja, bruja de la noche, bruja de la luna

bruja, bruja de la noche, bruja de la luna, bruja hermosa, bruja mía

Y Lucía la llevó caminando a su celda, donde le puso el camisón, la acostó y la arropó.

Admiré la capacidad de misericordia de Lucía, pero también me dio rabia, me llenó de furia que perdonara a Lourdes, que lo único que quería era dañarla.

Una de las siervas dijo que iba a llamar a la Hermana Superior, pero la amenazamos con castigarla en la Torre del Silencio por algo que no había hecho, por lastimar a algún animal, que nunca vimos, o por robar huevos, que nunca probamos. La Hermana Superior no iba a dudar de nuestra palabra y la sierva lo sabía.

Más tarde, esa noche, fuimos al bosque y Lucía no me reprochó nada, no me preguntó por qué había drogado a Lourdes, ni me hizo sentir culpable. Le había contado de los efectos de la amanita. Creo que entendió que intentaba protegerla.

Abrazadas en nuestro hueco, escuchamos ruidos. Nos sorprendió porque ni las indignas ni las siervas se atrevían a ingresar durante la noche en la espesura, en la densidad. Esa era la zona donde estaban enterradas las blasfemas, las descaradas. Pasos, órdenes, susurros. Desde el hueco oscuro vimos dos figuras, una de ellas tambaleante. Era una indigna porque el blanco de su camisón se veía en la noche, las siervas no usan camisones. La otra figura era colosal, tan colosal como solo puede serlo la Hermana Superior.

El cielo estaba nublado, pero por un momento la luz de la luna nos dejó distinguir el pelo rojo de Lourdes. Lourdes, que todavía estaba bajo los efectos de la amanita; se caía al piso y la Hermana Superior la alzaba y la sacudía. La vimos tirar a Lourdes contra un árbol, levantarle el camisón y apoyar su cuerpo demencial sobre el cuerpo blanco y solitario de Lourdes, que se retorcía. La vimos cortar una rama y obligar a Lourdes a ponerse en cuatro patas, como un perro. La vimos sacarle el camisón y pasarle la rama despacio por la espalda, como si la acariciara, y la vimos pegarle y acariciarla, acariciarla y pegarle. Lourdes se reía. Eso parecía darle rabia a la Hermana Superior, que empezó a pegarle más fuerte.

Lourdes se rio más fuerte, con una carcajada que era como un aullido. Aullaba como una loba, o como yo creo que aúllan las lobas. Entonces la Hermana Superior le puso la rama en el cuello y empezó a apretar. Quería callarla, pero también quería matarla. Fue en ese momento cuando Lucía me miró y, sin que me dijera una palabra, supe lo que iba a hacer y no iba a dejar que lo hiciera sola. Nos tapamos con los velos y, sigilosamente, salimos del hueco. Cada una agarró una rama de la tierra, una de las muchas ramas que hay en un bosque, la que cada una pudo encontrar en ese momento tanteando en la oscuridad, aunque la luna nos iluminaba cuando lo necesitábamos, como si supiera que sus hijas estábamos en peligro.

Corrí detrás de la Hermana Superior y le pegué en la cabeza con la rama. Lucía le pegó en los riñones. La Hermana Superior no se cayó, pero se dobló del dolor, entonces le pegamos más y más y más y, cuando ya estaba en la tierra, desmayada, quizás muerta, agarramos entre las dos a Lourdes, le pusimos el camisón mientras corríamos las tres por el bosque hasta nuestras celdas.

Pero la Hermana Superior no muere. Eso dicen todas. Que es tan resistente que puede ser inmortal. Fue por eso que cuando amanecimos Lourdes colgaba de una rama. Alrededor del cuello tenía una soga que estaba atada en una rama alta de uno de los árboles del bosque, uno que se veía desde el jardín. Su cuerpo se movía de un lado al otro como en una danza inútil. Era por el viento, se avecinaba una tormenta. El pelo rojo, que le tapaba la cara, se movía dejando ver sus ojos abiertos. Tenía el camisón blanco manchado de tierra y los pies descalzos y sucios.

No pude gritar, aunque por dentro lo estaba haciendo. Alaridos, lamentos, y ese dolor que traspasaba mis huesos. Me sorprendió sentir todo eso. No quería a Lourdes, pero no merecía esa muerte.

La Hermana Superior descargó toda su rabia en una de sus indignas favoritas, en una candidata a Iluminada, porque Lourdes era demasiado perfecta para ser elegida. Cuánta rabia, cuánta ira para matarla de esa manera. Sabemos que esta furia solo es el comienzo, que alguien más va a pagar.

No hubo desayuno. Las siervas, con evidente placer, nos comunicaron que fuéramos todas a la Capilla de la Ascensión en cuanto sonaran las campanas.

Escribo mientras espero. Escribo con la tinta azul de los monjes que Él y la Hermana Superior asesinaron. Por la hendidura ya siento el olor a humedad en el aire, la lluvia que se acerca.

Quizás estas sean mis últimas palabras. Sabemos que los velos protegieron nuestra identidad, pero la Hermana Superior tiene espías, su poder reside en nuestra desunión. Y se va a vengar.

***

Estaba detrás del cancel, pero no nos hablaba. Sentíamos su presencia. María de las Soledades se tapaba la boca para no toser. Hacía varias semanas que estaba débil, que casi no comía. Había dejado de hablar hacía muchísimo tiempo. La Hermana Superior estaba en el altar, no la veíamos, pero sus botas golpeaban el piso. Era rabia, era ira, era violencia lo que percibíamos en esos golpes. Aunque no podíamos verlo, escuchamos un gruñido y fue en ese momento cuando la Hermana Superior se quedó quieta. Entonces el silencio fue total. Ni siquiera escuchamos la tormenta, el agua que azotaba los vitrales, que hostigaba al ciervo blanco en su jardín voluptuoso. Ni siquiera pensábamos en el cuerpo de Lourdes golpeando contra los árboles. Moviéndose de un lado para el otro con el camisón mojado pegado a la piel. Con los pies desnudos, ahora limpios gracias al agua que caía del cielo. Tampoco escuchamos los golpes del agua en los baldes que pusieron las siervas. El silencio endureció el aire. Ninguna se atrevió a hacer el más mínimo movimiento, pero yo estaba al lado de Lucía y, tapadas por nuestras túnicas, puse mi mano tocando la suya. No me importó ni el silencio ni lo que pudiera pasarme. No me importaron ni la Hermana Superior, ni Él ni Las Iluminadas, solo quería volver al bosque, descubrir con Lucía la música secreta de cada planta, de cada árbol.

María de las Soledades no pudo contenerse y tosió. Entonces la Hermana Superior bajó del altar. Tenía el látigo con las correas de cuero. No tuvo que pegarle porque María de las Soledades se paró, se puso frente a la Hermana Superior y bajó la cabeza, esperando el castigo. Eso pareció darle más rabia a la Hermana Superior, la sacudió y le gritó: "A la Torre del Silencio sin agua ni comida, a la Torre del Silencio ahora, con vigilancia hasta que yo diga". Levantó el látigo, pero como María de las Soledades no hizo más que mirarla con algo de resignación, o cansancio o indiferencia, la Hermana Superior golpeó el piso y le ordenó a dos siervas que la llevaran a la Torre del Silencio, que cerraran con llave y que hicieran guardia hasta que ella les avisara.

Nunca la vimos descontrolada, nunca nos dejó notar que alguna situación la sobrepasara. Pero la indiferencia de María de las Soledades la desbordó. Nos gritó que nos paráramos en fila. De manera caótica, sin entender bien, hicimos dos filas enfrentadas a lo largo del pasillo que estaba entre los bancos. Caminó mirando una a una, golpeando el látigo en las baldosas de la Capilla de la Ascensión. Todas mirábamos de frente, tratando de parecer inmutables, excepto Catalina que bajó la mirada. Entonces la sacó de la fila. Catalina temblaba. Lucía me miró y casi da un paso al frente pero le agarré la mano, la detuve. Quería salvar a Catalina, pero Catalina ya estaba en las garras de la Hermana Superior. Siguió caminando y se quedó frente a Élida, que lloraba. La miró largo rato. Élida había sido débil de María de las Soledades, era demasiado frágil para este mundo. Le costó aprender el idioma de la Casa de la Hermandad Sagrada, por eso casi no la escuchábamos. La Hermana Superior se agachó y le revisó la túnica que estaba manchada de tierra. Ordenó a dos siervas que se llevaran a Catalina y Élida. Sabíamos que se iba a tomar su tiempo con ellas. Pero lo iba a hacer después.

Nos ordenó que nos sentáramos. Cuando subió al altar se sentó en su silla y levantó un brazo señalando uno de los vitrales que daban al jardín, el vitral con el ciervo blanco.

Él empezó a hablar. Nos dijo que Las Iluminadas vieron con una horrible nitidez que la indigna colgaba de un árbol por desafiante, por ser un canal infecto de insolencia, un estallido de depravación que disemina todos los infortunios de la tierra. Que la indigna había confabulado para que una Diáfana de Espíritu quedara atrapada en la Dimensión Intangible.

Yo lo escuchaba como si su voz estuviera debajo de un mar congelado, tratando de romper el hielo eterno con la vibración de las palabras, pero sin poder hacerlo porque todo lo que decía eran palabras sin palabras dentro, vaciadas de sentido, desmembradas, partículas dispersas. Siguió hablando, por horas o por minutos demasiado largos. Mientras Él vociferaba, por debajo de la túnica la acaricié a Lucía con un dedo para calmarla, para que no intentara salvar a todas, a cada una, sacrificándose ella. Pero dejé de acariciarla cuando escuché que Él dijo con una voz distinta: "Las elegidas anunciaron el advenimiento de una nueva Iluminada". Las indignas reprimieron un grito de alegría, pero después se oyó un murmullo que la Hermana Superior dejó que sucediera. Un murmullo que se extendió por la Capilla de la Ascensión. Algunas indignas se abrazaron, pero yo me quedé petrificada, estática. Intenté no hacerlo, pero no lo pude evitar y miré a Lucía. Lucía también me estaba mirando y en sus ojos vi miedo.

***

Escuchamos gritos en la noche. Catalina y Élida.

Algunas siervas dicen que la Hermana Superior tiene a Catalina y a Élida encerradas en jaulas para perros. Jaulas tan pequeñas que no pueden moverse, que quiere que vivan arrastrándose en cuatro patas, quiere educarlas para que coman de cuencos, para que ladren, para que ataquen a las insubordinadas. Susurran que Catalina y Élida piden que las maten, que alguien termine con el martirio. Nunca vi esas jaulas. Nunca vi perros. Otras dicen que Catalina y Élida ya están muertas.

***

Llevamos tres días sin saber quién es la nueva Iluminada. Estamos inquietas.

Hay indignas que aumentaron sus horas de sacrificios, se escuchan los autoflagelos, la expiación de la sangre, los golpes sobre las pieles que reciben con la esperanza de que eso acreciente sus posibilidades de ser Iluminadas.

Con Lucía nos íbamos a encontrar en el bosque, pero no pudimos entrar porque el cuerpo de Lourdes seguía colgado del árbol. No la podíamos dejar ahí. Ya no llovía, pero todavía caían gotas del camisón blanco. No íbamos a dejarla colgada, aunque la Hermana Superior así lo quisiera, dejarla ahí por muchos días como recordatorio, amenaza y castigo.

Primero me saqué el velo y después me subí al árbol, aunque era peligroso. Llegué a la rama y desaté la soga. Sabía que nos podían quemar vivas, pero lo hice igual. El cuerpo de Lourdes cayó sobre el pasto húmedo casi sin ruido, como si se hubiese vaciado.

Lucía se arrodilló en la tierra y sostuvo el cuello de Lourdes con el brazo izquierdo y las rodillas con el brazo derecho. La acunaba. Eran tan blancas que parecían una escultura viviente. No había dolor en la cara de Lourdes. Lucía la miraba como si Lourdes estuviese dormida, aunque tenía los ojos abiertos.

Me puse el velo y nos internamos en el bosque. Entre las dos cargamos con el cuerpo, con cuidado, con solemnidad, con tristeza. El cielo estaba estrellado. Recordé a mi madre diciendo que el gran apagón generó un colapso mundial, peor que un terremoto o la erupción de un volcán. Pero lo único positivo, decía mamá, es que en las ciudades volvimos a ver las estrellas.

Con ramas, con nuestras manos, con piedras, estuvimos horas cavando la tumba. Lucía no hizo ningún comentario sobre mi responsabilidad y culpa, y por eso, cuando terminamos, la besé, y ella supo que agradecía su silencio. Antes de colocar a Lourdes en la tumba, saqué el Cristal Sacro que le había robado a la Diáfana de Espíritu y se lo puse en el cuello, con mucho cuidado, como si pudiese sentirlo. Antes de taparla con la tierra, dejé que sus ojos abiertos miraran las estrellas. No dijimos nada, ninguna oración, nos quedamos en silencio contemplando el cielo junto a Lourdes. Después le cerré los ojos.

Fuimos, en la noche, al arroyo de la locura a limpiarnos, porque teníamos tierra en la cara, debajo de las uñas, en el pelo. Hacía frío, pero Lucía se desnudó y lavó su túnica, y yo hice lo mismo. Desnudas en el agua de la locura. Abrazadas en la demencia. Besándonos en la insensatez. Acariciándonos en la irracionalidad. Juntas en el agua indómita.

Susurramos nuestros nombres verdaderos en el agua fresca, bajo la luna.

Cuando vimos que las estrellas desaparecían, nos pusimos los velos y las túnicas mojadas, y corrimos a nuestras celdas. Pero antes Lucía me dijo que quería salvar a María de las Soledades. Le expliqué que era peligroso, pero me contestó que íbamos a esperar a que le sacaran la guardia para entrar en la Torre del Silencio. También me dijo que no quería que la eligieran Iluminada, porque eso iba a implicar no vernos más, porque no quería que Él la tocara. La abracé como para protegerla.

No desayunamos porque ofrecimos el sacrificio de trabajar con las plantas de la huerta, de acompañar a una Diáfana de Espíritu. A Lucía le sonreían, a mí me ignoraban. Lo hicimos porque nuestras túnicas seguían húmedas y queríamos que se secaran al sol. Hacía un calor extremo.

Notamos que las plantas estaban más fuertes, con un verde casi brillante, pero no dijimos nada, solo nos miramos sorprendidas.

Supimos que en el desayuno la Hermana Superior había estado revisando las manos de las indignas, buscaba debajo de las uñas porque quería descubrir quién había enterrado a Lourdes, quién la había desafiado bajándola del árbol.

Cuando llegó a la huerta junto con las débiles de Lourdes, nuestras túnicas ya estaban secas y nuestras manos limpias, porque no removimos la tierra, solo cortamos hojas enfermas. Bajamos la cabeza como corresponde que hagamos en presencia de la Hermana Superior y nos miró un rato largo. Miró especialmente a Lucía cuando una de las débiles de Lourdes le dijo algo al oído. Ellas querían venganza y Lucía tenía que pagar por todo. La Hermana Superior no dijo nada, pero miró a Lucía con una mirada nueva, una que no había visto hasta ese momento. Había en sus ojos una luz oscura, una epifanía peligrosa, una revelación contundente.

La Hermana Superior abrió la boca para decir algo pero la cerró porque todas sentimos un zumbido. Era una abeja. La primera que vemos en mucho tiempo. En el bosque había avispas, pero esa abeja me hizo reflexionar, nuevamente, si el mundo fuera de la Casa de la Hermandad Sagrada no se estará empezando a recomponer.

Siguen sin anunciar quién es La Iluminada.

***

Los rumores sobre Lucía se aplacaron hasta desaparecer. Las indignas están muy ocupadas con flagelaciones y sacrificios para aumentar las posibilidades de ser la próxima Iluminada. Algunas decidieron limpiar los pisos con sus lenguas. Las vemos agachadas, con las lenguas negras, descompuestas, enfermas por la suciedad que tragan, pero siguen porque el sacrificio tiene que ser absoluto.

Otras hacen ayuno arrodilladas en los pasillos o en el jardín hasta que se desmayan del hambre.

***

Tuvimos que esperar tres días antes de ir a rescatar a María de las Soledades. La Hermana Superior culpó a una de las débiles de Lourdes de haber enterrado el cuerpo. La obligó a sacarse la túnica y a acostarse sobre vidrio roto con el camisón blanco. Un castigo menor. ¿La rabia de la Hermana Superior se disipó o está agotada de torturar a Catalina y a Élida? Tiró una copa azul, una copa de vidrio labrado, hermosa, única que, seguramente, habían usado los monjes. La destrozó. Después rompió otras, igual de hermosas. La indigna se quedó acostada por horas sobre el vidrio azul, pero no lloró, porque ofreció ese castigo como un sacrificio. El ansia de ser Iluminada se le notaba en cada gesto.

Mientras escribo estas palabras con tinta ocre,

espero para encontrarme con Lucía, porque esta noche vamos a rescatar a María de las Soledades. La Hermana Superior la quiere dejar morir en la Torre del Silencio. Supongo que la vamos a esconder hasta que recupere las fuerzas, después no sé qué vamos a hacer. Lo primero es rescatarla.

Lucía me hizo sentir cosas olvidadas, como la piedad. Ya no es una dinamita silenciosa, es otra cosa, es como un corazón nuevo, latiendo en el viejo.

**

Anoche forcé la puerta de la Torre del Silencio. Lucía vigilaba y sostenía una botella de vidrio con agua. Me llamó la atención el silencio, los grillos no cantaban, no se oía esa música atroz, la música desquiciante capaz de acorralarte hasta la locura. Después vimos una figura negra en el cielo nocturno. Nos costó entender que esas alas enormes eran las de un buitre. Nos alegramos, porque hacía años, décadas que habían desaparecido. En ese momento pensé en decirle a Lucía que nos escapáramos nosotras también, porque podíamos llegar a encontrar vida fuera de la Casa de la Hermandad Sagrada, pero no le dije nada porque me tuve que apurar a forzar la puerta. Nos dimos cuenta de que el buitre, como suelen hacer todos los buitres, volaba en círculos esperando la muerte de María de las Soledades.

Subimos los ochenta y ocho escalones y abrimos la compuerta. El olor a descomposición nos golpeó, fue tan fuerte que lo sentí en la boca, sentí en mi lengua el sabor de la sangre que corre en las venas de la muerte. Pisamos huesos de elegidas muertas hace tiempo. Me pregunté cuántas Diáfanas de Espíritu, cuántas Auras Plenas y Santas Menores se habían desintegrado en la Torre del Silencio. Los huesos se quebraban con un ruido seco. Hacía calor. El olor a putrefacción era por el cadáver de la Santa Menor. Sus huesos todavía no resplandecían como el resto, no emanaban la luz blanca que, a veces, veíamos surgir de la Torre del Silencio.

Vimos a María de las Soledades entre los huesos.

La nombramos, en susurros, pero no respondió. Lucía me dijo que su pulso era demasiado débil, que casi no lo sentía. Levanté su torso para poder darle agua sin que se ahogara y Lucía probó de mojar sus dedos con agua y pasárselos por los labios. Como vio que no reaccionaba intentó, de manera muy controlada, acercarle la botella a la boca y darle un poco de agua, apenas.

El buitre seguía volando en círculos, cada vez más cerca.

La volví a acostar y, en ese momento, abrió los ojos. Nos sacamos los velos, pero no puedo asegurar que nos reconociera, ni siquiera que nos viera realmente. Miró al cielo, al buitre, y

173

sonrió con su boca perforada, lastimada, silenciada. Lamenté no haberla ayudado antes, no haberle hablado, haberla despreciado, por eso cuando dejó de respirar, le toqué las heridas de la boca, le cerré los ojos y lloré. Lucía me tomó de las manos para que no me sintiera tan sola en mi expiación personal.

Escuchamos un sonido, como un canto, pero monstruoso. Miramos al cielo y el buitre seguía volando, incansable. Sentí frío. Lucía me miró asustada y le dije que el buitre no nos iba a atacar, pero ella me susurró al oído, no es el buitre, son los monjes, están acá, nos miran, nos quieren ver caer desde lo alto, nos quieren matar con sus voces desde la oscuridad. La abracé, y no supe qué contestarle.

Nos fuimos de la Torre del Silencio desfallecientes, abatidas.

***

Lucía es la nueva Iluminada.

No lloro pero las lágrimas caen por dentro, me lastiman. Quiero gritar porque en mi sangre crece arena roja, se acumula en mi garganta, arena como un tornado de lava, como un ciclón de agujas calientes.

Pero no puedo gritar. Es como si tuviese tierra en la boca, como Helena.

***

La ceremonia fue de día. Lucía estuvo custodiada desde el anuncio hecho por Las Iluminadas.

No pudimos ir al bosque, no pude despedirme pronunciando su nombre verdadero, muy despacio y muy cerca de sus labios, pero sin tocarlos. No pude abrazarla. No pude volver a sentir su aroma de cielo sin nubes.

Escribo estas palabras inútiles, estas palabras que no pueden abrir la puerta negra labrada, el Refugio de Las Iluminadas, donde ahora está ella, porque ya se la llevaron.

Las siervas dijeron que nos laváramos y nos entregaron una túnica blanca y limpia a cada una. Todas sabíamos lo que eso significaba. En el aire había ansiedad y, quizás, alegría, había expectativa y algo parecido a una celebración silenciosa. Las indignas sonreían mientras se peinaban las unas a las otras, excepto Lucía y yo. Nosotras nos mirábamos con disimulo, con angustia reprimida.

Fuimos a la Capilla de la Ascensión, el sol que entraba por los vitrales decoraba las paredes y el piso con luces de colores, pero eran luces tenues, apagadas.

Había flores verdaderas. Me pregunté de dónde las habían sacado. Las pocas flores del jardín tenían colores pálidos, enfermos. Estaban en un jarrón pequeño pero el ramo parecía enorme, porque le habían agregado ramas de árboles con hojas verdes, y el rojo, amarillo y naranja de las flores resaltaban tanto que parecían irreales. ¿Las habían recolectado fuera de la Casa de la Hermandad Sagrada?

Me senté al lado de Lucía y tomé su mano. Nos tapaban las túnicas. Estábamos nerviosas.

Él estaba detrás del cancel, de la Hermana Superior solo veíamos los botines, golpeando el piso de madera.

Entraron dos Santas Menores guiadas por siervas. Tenían los ojos cosidos de manera correcta, sin posibilidades de que alguna sangrara o se desmayara. Ese trabajo, coser los ojos, seguramente había sido la ofrenda, el sacrificio, de alguna indigna que aprendió de Mariel a no cometer errores. Los Cristales Sacros que colgaban de sus cuellos resplandecieron con la luz del sol, pero tuve que bajar la cabeza porque el destello me lastimó. Cantaron el Himno de Las Iluminadas, el más preciado, pero yo no le presté atención. Las indignas se miraron las unas a las otras, hipnotizadas por el canto.

Un Aura Plena apareció en el altar. No podía escuchar el Himno de Las Iluminadas porque está mutilada, porque es sorda, porque le perforaron los tímpanos; aunque bailaba o intentaba simular un baile, lo hacía como si temblara, como si su cuerpo estuviese teniendo convulsiones. En las manos y en los pies tenía las marcas, las heridas que no habían sanado o que alguien no deja que sanen. Parecían infectadas. No pude ver su aura de fuego, pero sí escuché su voz, todas la escuchamos. Fue como un mar hecho de silencio, arrasando con todas las palabras, con todo pensamiento.

Bajó del altar y señaló a Lucía.

Apreté su mano debajo de la túnica y sentí que no podía respirar. Ella me miró y, sin necesidad de pronunciarlo, me pidió que la ayudara. Me lo pidió con los ojos, con la piel, con el lenguaje secreto de su cuerpo.

Las indignas la miraron con admiración y odio.

Después, dos Diáfanas de Espíritu aparecieron con las bocas vacías, las bocas oscuras, le sonrieron, y se la llevaron.

***

Por las noches no voy al bosque, apoyo mi cabeza en la puerta negra labrada e intento escuchar. Hace ocho días que no la veo. Hace ocho días que escucho gritos detrás de la puerta, pequeños alaridos quebrados, y rugidos como de un depredador mostrando los colmillos.

La voy a sacar de ahí.

Guardaré estos papeles muy cerca de mi corazón, sostenidos por la faja que voy a atar sobre mi cuerpo, como lo hice tantas veces.

Decidí que esta noche voy a tratar de abrir la puerta negra labrada, a ver cuán difícil es hacerlo.

***

Ahora escribo con la tinta azul de los monjes, no me importa que se termine.

Ayer cuando todas estaban dormidas, cuando el silencio fue total, cuando comprobé que los pasillos estaban vacíos, caminé descalza hacia el Refugio de Las Iluminadas. Me detuve porque escuché los pasos de la Hermana Superior. Pasos que destruyen las baldosas, la tierra, la vida sobre la que caminan. Yo tenía el cuchillo con el que hice la grieta en la pared. Es parecido al que usaba para forzar puertas con los niños tarántula. Con el cuchillo abrí la puerta de una celda vacía, muy cerca de la puerta negra labrada, una que nunca ocupan. Fue fácil forzarla, supongo que deben creer que nadie se atrevería a hacerlo. Escuché cómo la Hermana Superior entraba al Refugio de Las Iluminadas.

Me quedé un rato largo en la celda, horas. Necesitaba asegurarme de que la Hermana Superior no estuviese despierta. Cuando me acostumbré a la oscuridad de la celda, creí ver dos cajas tapadas con sábanas, o ¿dos jaulas? Creí escuchar un gemido, un llanto como los que uno tiene en sueños. Pero decidí no averiguar qué o quiénes estaban ahí. Si eran Catalina y

Élida, ya era demasiado tarde para ellas. Mi prioridad es Lucía.

Cuando estuve frente al Refugio de Las Iluminadas tuve muchísimo cuidado en hacer el menor ruido posible. No era una cerradura fácil, ¿cómo iba a serlo? Pero Ulises me enseñó todos los trucos y yo aprendí otros. Me llevó más tiempo de lo que había pensado, pero una vez que entendí el mecanismo me fui sin abrirla. No quiero que sospechen, pero ahora sé que, cuando decida forzarla, lo voy a hacer en segundos.

Mañana es el día, mañana la voy a sacar de ahí.

***

Estas palabras contienen mi pulso.
Mi respiración.
La música que irradia la sangre que late en mis venas.
Estoy en el hueco del árbol, en mi bosque. Ahora entiendo que el bosque no son solo los árboles, jamás puede ser un espacio limitado, es la vida subterránea, microscópica, la vida aérea en la que reverbera el esplendor de esta catedral viva. La luz que se filtra entre las hojas forma columnas traslúcidas, un mar radiante que se expande. Siento el aura, el poder que vibra en el aire. Puedo tocarla. Puedo acariciar con la punta de mis dedos el calor de las partículas brillantes. Soy parte de este templo pagano, de este santuario ancestral.

Escribo con la punta afilada de una pluma. Una pluma de algún pájaro que, quizás, esté volando. Es azul, como el azul brillante de las golondrinas. Estas palabras tienen el color de mi sangre, mezclada con barro. Con la sangre de la herida en mi vientre.

En cuanto suene la primera campanada, nos van a buscar. Les va a costar encontrarme porque estoy en la espesura. Pueden pasar horas. No hay tiempo para cavar mi tumba, para dejar que las raíces traspasen mi piel, para esperar a que nazcan frutos o hierbas o setas de mi cuerpo en descomposición. No hay tiempo para morir mirando el cielo estrellado.

Voy a seguir escribiendo hasta que suenen las campanas. Cuando eso suceda va a ser el momento de esconder estos papeles, de alejarme. Voy a tomar la piedra con la que afilé la pluma con la que escribo y me voy a abrir la herida para que más sangre corra, fluya. Toda la sangre de mis venas va a caer como un dragón rojo que la tierra va a recibir, absorber y transformar.

Forcé y abrí la puerta negra de madera labrada, la abrí despacio para que no me descubrieran y vi lo prohibido, vi el engranaje de la mentira, no hay dios, solo está su boca que pronuncia injurias, solo está el hambre, solo está él y sus manos, él y su voz de batallón sagrado, de legión bendita, de ola negra que arrastra aullidos y como en una imagen estática, que duró unos segundos, vi a las

iluminadas henchidas de pecado con sus vientres
rebosantes de vicio y no me sorprendió confirmar
lo que había sido evidente, que él las profanaba, y
me quedé quieta buscando a Lucía hasta que la vi
debajo de él, soportando el ritual abominable, y
la hermana superior los observaba, de espaldas a
mí y tenía el látigo de cuero en una mano, entonces me tapé la boca conteniendo un grito y Lucía
movió la cabeza y me miró con una mezcla de
sorpresa, desesperación e impotencia, por eso su
mirada me dio fuerza y, con una rapidez inusita-
da, le clavé en un riñón el cuchillo a la hermana
superior, le saqué el látigo y, con el mango, la golpeé en la nuca y, a pesar de su inmensidad, fue tan
fuerte el golpe que la hermana superior trastabilló
y cayó y él se paró desnudo e intentó atacarme y
por primera vez le vi la cara, que tiene la perfec-
ción atroz de las esculturas, un vacío capaz de envolverte hasta asfixiarte y, con el látigo, le pegué y
le pegué y le volví a pegar, pero algunas iluminadas que me miraban sin entender, aterradas, ayudaron a la hermana superior a levantarse y ella me
hirió con mi cuchillo, que traspasó la faja que sostenía este libro de la noche, estas páginas y Lucía
la empujó y me agarró de la mano y mientras es-
capábamos vi que algunas iluminadas no lograron entender qué pasaba, que otras intentaron
atraparnos y unas pocas nos siguieron.

Corrimos.

A pesar del dolor en el vientre, logré trabar la

puerta negra con mi pluma. La introduje en la cerradura y la rompí. Les va a costar salir. Eso nos va a dar tiempo.

La faja logra contener la sangre de la herida. Creo que por eso puedo escribir. Que por eso no me desmayo. ¿O es la voluntad de contar esta historia? De que ni Lucía, ni Circe, ni Helena, ni yo nos perdamos en el olvido.

Mientras corríamos, se nos unieron otras, las que vieron una salida, una oportunidad. Cuando llegamos a nuestro árbol, le dije a Lucía que se fuera, que huyera por el hueco en el muro, ese que ella había excavado con sus manos, que escapara con las pocas iluminadas, indignas y siervas que nos habían seguido. Yo me iba a quedar para retrasar a esos vástagos de la inmundicia, a esos errores de la naturaleza, a esos asesinos que son la hermana superior y ese hombre despreciable que es capaz de perder tiempo con mi cuerpo. Lucía se resistió, me imploró que nos escapáramos juntas, pero la besé, toqué su pelo negro, abracé el azul de ese paraíso que era ella, y le dije que yo ya no tenía tiempo. Le mostré la herida y ella también supo que era demasiado profunda, me abrazó y lloró, hasta que tres iluminadas intentaron separarla de mí, pero Lucía forcejeó. Le dije que tenían que huir, que si se quedaban las iban a matar. Antes de irse, me abrazó y llorando pronunció mi nombre verdadero, me besó por última vez, y con su voz traslúcida me dijo dos palabras, que no

182

eran palabras, eran una vibración de fuego, un fuego que me envolvió como un río de luz, un río de flores resplandecientes.

Voy a dejar este libro de la noche, estos papeles que escribo y cuido hace tanto tiempo, en el hueco del árbol, de nuestro árbol. Quizás, algún día, alguien los descubra y los lea, o se humedezcan y vuelvan a su origen, a la madera de donde surgieron, y estas palabras se conviertan en bosque, se purifiquen con la savia, se iluminen en las raíces. O quizás se desintegren en una nada que acaricia,

gobierna,

duele.

Escucho las campanas. Ya vienen.

Dedicatorias y agradecimientos

Le dedico este libro a la escritora argentina Angeles Salvador (1972-2022), que nos dejó una obra irreverente, lúcida y genial, como ella; y a todas las indomables, brujas, desobedientes, a las que tienen la luz.

Gracias a Liliana Díaz Mindurry, mi maestra, amiga y una de mis escritoras y personas favoritas desde mis diecinueve años, por sus consejos sabios a lo largo de la escritura de este y todos mis libros. Gracias a Félix Bruzzone, Sarah Moses, Willie Schavelzon y Barbara Graham por sus lecturas atentas y aportes generosos. Un especial agradecimiento a Magalí Etchebarne y a Laura Mazzini, su dedicación, su trabajo incansable y su amor por las palabras me ayudaron a lograr una mejor versión de esta obra.

Gracias a mi familia y amigos por el apoyo constante.

Gracias a Mariano, por ser mi amor en esta y en todas las vidas.